LA FILLE DERRIÈRE LA CLOISON

BRIGADE MONDAINE : Je souhaite recevoir :
– le catalogue général
– les volumes cochés ci-dessous au prix de 6 € l'unité, soit :
N°.................................... livres à 6 € , = €
+ frais de port = €
(1 vol. : 1,50 €, 2 à 3 vol. : 3,50 €, 4 vol et plus : 5 €)
TOTAL (ajouter à TOTAL abonnements) =............€

13 LA CROISIÈRE INTERDITE
14 LE HAREM DE MARRAKECH
15 LA MAISON DES MAUDITES
16 LA PERMISSION DE MINUIT
17 LES CAPRICES DE VANESSA
18 LA VIPÈRE DES CARAÏBES
19 LE VOYOU DE MONTPARNASSE
20 LES FILLES DE MONSEIGNEUR
21 LA NUIT ARABE DE MONACO
22 LA FERMIÈRE DU VICOMTE
23 LA PUNITION DE L'AMBASSADEUR
24 LA SECTE DES AMAZONES
25 LES SIRÈNES DE L'AUTOROUTE
26 LE BOUDDHA VIVANT
27 LA PLANCHETTE BULGARE
28 LE PRISONNIER DE BEAUBOURG
29 LES ESCLAVES DE LA NUIT
30 LES POUPÉES CHINOISES
31 LES SACRIFIÉS DU SOLEIL
32 L'EXÉCUTRICE
33 LA PRÊTRESSE DU PHARAON
35 LES FANATIQUES DE LA VIDÉO
37 SOSIES SUR MESURE
38 LA MARQUE DU TAUREAU
42 LA DISPARUE DE SUNSET BOULEVARD
43 LE PARFUM DE LA DAME EN GRIS
44 LES FEMMES MYGALES DE CÔTE D'IVOIRE
45 LA DANSE DES COUTEAUX
46 LES AMANTS DE SINGAPOUR
47 LA VEUVE DU LAC
212 L'ENLÈVEMENT DES SABINES
213 LA NUIT DU TOP MODEL
214 LA MADONE DES CHANTIERS
215 LES SERVANTES D'APHRODITE
217 LA DOUBLE VIE DU PATRON
218 LA FORTERESSE DES VOLUPTÉS
219 L'ALCHIMISTE DU DÉSIR
220 LES TROPHÉES DU GUERRIER
221 LES VEUVES NOIRES DU GOLF
222 LE SWING DE LA COMTESSE NOIRE
223 LA JUSTICIÈRE DE STRASBOURG
224 LES COULISSES DU POUVOIR
225 LA MUSE DU PEINTRE FOU
226 LE FANTASME DU MANNEQUIN
227 LA FÉE DES SANS-LOGIS
228 LA THALASSO DU PLAISIR
229 LE PURGATOIRE DES ANGES DÉCHUS
230 LES GLADIATEURS DE MESSALINE
232 L'AUTOROUTE DU CYBERSEXE
233 PIÈGE À FILLES AU MONT VENTOUX
234 LE FANTASME DU VIOLONCELLE
235 HÔTESSE SPÉCIALE POUR JET PRIVÉ
238 LA VIERGE GOTHIQUE
240 LES PENSIONNAIRES DU PARADIS
241 L'ÉQUIPÉE SAUVAGE
242 FILLES PERDUES EN ALASKA
243 LA PRINCESSE DU NÉANDERTHAL
244 LE JEU DU CÉLIBATAIRE
245 LA SPÉCIALITÉ DU CHEF
246 LES VOYEURS DU WEB
248 LA REINE DES DOMINATRICES
249 LA CLINIQUE DU PRINCE CHARMANT
250 LA PREMIÈRE DE LA CLASSE
252 LES PILULES D'AMOUR
253 JUMEAUX ET JUMELLES
255 DRESSÉES ET REBELLES
256 LE DÉSHONNEUR DU JUGE
258 LE FANTASME DU BALLON OVALE
259 LES JEUX DU DIVIN MARQUIS
260 LA STAR DU X
262 LES FLAMMES DE L'AMOUR
263 LA ROSIÈRE DE BAGATELLE
265 LA VENGEANCE DE L'INFIRME
267 POLONAISE SUR CHARBONS ARDENTS
268 LA GAZELLE AU PIÈGE
269 AU BONHEUR DES HOMMES
272 PRINCESSE VAUDOU
274 L'AMANT DE GLACE
275 TRAQUENARD POUR FEMMES SEULES
276 LE VICE DANS LA PUB
277 LES COMBATTANTES DU RING
279 LE MAÎTRE DES PLIEUX
284 LES VERTIGES DE LA TUEUSE
285 LA TIGRESSE SE DÉCHAÎNE
286 BLANDINE ET SES FAUVES
287 LE PLAISIR SOUS LE MASQUE
288 LES DESSOUS DE LA PRESSE PEOPLE
289 MORTELLE HARD ROCKEUSE
293 ACCRO AU PLAISIR
294 LES OIES BLANCHES DU CAPITOLE
295 LA BABY-SITTER DE L'IMAM
296 LES PLAISIRS ULTIMES
297 JEUX DANGEREUX À WALL STREET
298 QUAND LA BELLE SE FAIT LA PAIRE
299 LE MOTEL DES PASSIONS INTERDITES
300 MORTEL TRAFIC
301 L'AMANT DES POUPÉES
302 LES CHASSES LIBERTINES

Les dossiers Brigade Mondaine de cette collection sont fondés sur des éléments absolument authentiques. Toutefois, pour les révéler au public, nous avons dû modifier les notions de temps et de lieu ainsi que les noms des personnages.

Par conséquent, toute ressemblance avec des personnes existantes ou ayant existé serait totalement involontaire et ne relèverait que du hasard...

ISBN : 978-2-7443-1589-3

MICHEL BRICE

BRIGADE MONDAINE

LA FILLE DERRIÈRE LA CLOISON

VAUVENARGUES

Chapitre premier

Avant de s'engouffrer dans la petite rue sombre et formant un coude en son milieu, Constantin Franchet, épaules rentrées, jeta machinalement un rapide coup d'œil à droite et à gauche, comme pour vérifier que personne ne s'intéressait à lui.

Le boulevard de Clichy était envahi par une foule bigarrée, houleuse, tanguant comme un seul homme, mais un homme déjà passablement ivre. Constantin se sentit rassuré : il y avait tellement de monde dehors, en cette soirée du 6 juillet, que cela en devenait rassurant : qui, dans cette marée humaine montant et descendant, sans but apparent, allait faire attention à lui ?

Lorsqu'il eut parcouru une centaine de mètres et tourné le coin de la petite rue, le silence l'enveloppa brusquement. Comme si un coup de baguette divine venait de faire disparaître la ville tout autour. Tout juste si Constantin percevait encore le grondement régulier des voitures et des cars de touristes sur le boulevard, quelquefois déchiré par le hurlement strident d'une moto dont les gaz étaient poussés à fond.

Il s'arrêta devant une petite porte, au pied d'un immeuble lépreux – une porte en bois fatigué et qui semblait prêt à tomber en ruines. Mais, pour l'avoir souvent franchie, Constantin savait que, de l'autre côté, elle était blindée.

Il approcha son index, à l'ongle trop long et douteux, de la sonnette, et tout son corps fut parcouru d'un long frisson de volupté anticipée. La main suspendue en l'air, il ferma les yeux et, de l'autre main, caressa sa longue barbe noire – geste qu'il accomplissait des dizaines de fois par jour, machinalement, depuis qu'il avait décidé, cinq ans plus tôt, de laisser pousser la barbe en question.

Dans quelques minutes, une main invisible se refermerait doucement autour de son sexe tendu, des lèvres inconnues l'enserreraient voluptueusement, jusqu'à ce qu'il explose dans une bouche parfaitement anonyme.

Le bonheur absolu pour Constantin Franchet, le seul qui ne lui donnait aucun trouble de conscience, ne provoquait chez lui aucun scrupule d'ordre religieux.

Le presque trentenaire – Constantin fêterait son 30ᵉ anniversaire dans un peu moins de trois mois – s'apprêtait à enfoncer le bouton de la sonnette, lorsqu'il se ravisa. Il sortit son *iPhone* de la poche de sa veste grise et, faisant glisser rapidement son pouce sur l'écran tactile, sélectionna l'un des numéros qu'il avait en mémoire. À l'autre bout de la ligne, on décrocha dès la deuxième sonnerie :

– Oui, allô ?

– Farid ? C'est Mohammed, mon frère ! *Salam aleikoum* !

– *Aleikoum salam* ! T'es où ? On se voit toujours tout à l'heure au *Canon de Clichy* ?

– Oui, oui, pas de problème, répondit Constantin, qui se faisait appeler Mohammed depuis sa conversion à l'islam, six ans auparavant. Je t'appelle juste pour te dire que je serai peut-être un peu en retard… (Un temps de silence, puis, d'une voix plus basse, au débit plus rapide) : Je suis devant la porte du *Suçodrome*, là…

Il y eut un bref ricanement, à l'autre bout de la ligne, puis la voix un peu trop haut perchée de Farid :

– On a de nouveau craqué, mon frère ? Bof ! c'est pas bien grave : Allah te pardonnera, j'en suis sûr ! Et puis, ces salopes sont toutes françaises, alors…

Dans l'esprit de Farid Oujdah, c'était une certitude indéracinable : tant que les bons musulmans respectaient les « sœurs » et ne baisaient qu'avec des « souchiennes »[1], Allah ne pouvait rien trouver à redire…

1. Des Françaises « de souche »…

Une conviction que Constantin Franchet avait encore un peu de mal à partager pleinement et sans arrière-pensée, lui qui, par ses origines indubitablement bourguignonnes, était aussi un parfait exemple de « souchien »…

– Bon, on se voit quand même tout à l'heure ? ajouta Farid, sur un ton insouciant.

– Oui, oui, bien sûr ! répondit Constantin, en reprenant toute son assurance. D'ici une demi-heure, ça va ?

– Ouais… pas plus tard, hein ? J'ai encore des trucs à faire, moi, après. Si tu es trop à la bourre, tant pis pour toi, mon frère : tu ne me trouveras pas…

– Je vais faire vite. *Allah ouakbar* !

– *Allah ouakbar*…

Constantin Franchet coupa la communication et remit le iPhone dans sa poche. Une petite grimace déforma fugitivement son visage émacié, et une légère rougeur colora sa peau blême de roux. Il n'aurait pas dû appeler Farid. À chaque fois qu'il craquait et venait ici, au *suçodrome*, comme les habitués appelaient l'endroit, il s'efforçait de redevenir Constantin Franchet et rien d'autre. Pour apaiser ses scrupules d'ordre religieux. C'était plus facile.

Mais le fait d'avoir parlé avec son ami, d'origine algérienne lui, avait en quelque sorte « effacé »

Constantin et l'avait retransformé illico en Mohammed, c'est-à-dire en ce musulman fier, intransigeant, rigoureux, en ce fidèle obéissant et respectueux qu'il se flattait d'être depuis sa conversion. Ce qui rendait un peu plus délicats les « débordements » auxquels il s'apprêtait à se livrer.

D'un index imperceptiblement tremblant, Constantin Franchet enfonça le bouton de sonnette, fixé dans l'épaisseur du mur. D'abord trois coups brefs, puis deux coups plus longs. Le signal. Le code.

Il se passa plusieurs secondes avant que la porte ne s'ouvrît, avec un claquement sec.

Le cœur battant d'excitation et d'impatience, Constantin poussa le lourd battant et s'engouffra dans le long et étroit couloir crasseux, chichement éclairé par une unique ampoule nue pendant du plafond.

Par réflexe, Constantin jeta un rapide coup d'œil à l'escalier qui, juste à sa gauche, grimpait dans les supérieurs et noirs étages de l'immeuble. Un bruit de télé ou de radio parvenait faiblement à ses oreilles, venu des étages. À droite, les boîtes aux lettres étaient hors d'âge, beaucoup n'avaient plus de porte.

Il remonta rapidement le couloir et, au bout, ouvrit la porte donnant sur la cour intérieure miteuse et presque entièrement aveugle à cause des hauts murs de petites briques qui la cernaient sur trois côtés et demi. Lorsqu'il fut dans cet enclos nauséabond, le *toum-toum-toum* sourd et régulier d'une musique synthétique lui parvint: celle qui émanait du *Sex-à-piles*, le grand sex-shop qui s'ouvrait sur le boulevard et dont les parties privées, à l'arrière, communiquaient avec la cour où il se trouvait.

Entre les deux, entre lui et la boutique vaste et violemment éclairée aux néons multicolores, dans les entrailles mêmes de ce second bâtiment, se trouvait le « suçodrome ». Le simple fait de se retrouver si prêt du but, et d'entendre les échos affaiblis de la musique, suffit à provoquer un début d'érection chez Constantin Franchet. Il marcha droit vers la porte qui se trouvait à la droite du local aux poubelles, d'où s'échappait le désagréable fumet qui envahissait la cour sombre. Là encore, il sonna suivant le même code: trois coups brefs suivis de deux longs. La porte s'ouvrit aussitôt, automatiquement, comme si des yeux invisibles le guettaient.

Constantin s'engouffra dans un second couloir, éclairé cette fois par trois néons rouges alignés tout au long, et aux murs tapissés d'une moquette grise, plutôt fatiguée. La musique se faisait plus lourde, plus présente, tel le martèlement d'un gros cœur artificiel.

Au bout du couloir se trouvait une porte fermée à clé, dont Constantin savait qu'elle permettait d'accéder aux différentes salles du *Sex-à-piles*. Mais ce qui l'intéressait, lui, c'était le petit escalier en angle droit qui, à mi-parcours du couloir, permettait d'accéder au sous-sol.

Où avait été aménagé, dans le plus grand secret, le fameux suçodrome, où il venait au minimum deux à trois fois par mois, fasciné qu'il était par les pratiques sexuelles qui y avaient cours – en toute illégalité.

En bas de l'escalier, il déboucha dans une sorte de vestibule sur lequel donnaient deux portes, une petite qui était toujours fermée à clé, et une à double battant. Ce fut celle-ci qu'il ouvrit, de plus en plus excité, une érection presque douloureuse gênant sa marche. Il régnait ici une chaleur moite, confinée que Constantin trouvait presque érotique en elle-même : c'était la chaleur de l'amour, la moiteur du sexe à l'état brut.

Il pénétra dans une « salle d'attente » assez exiguë et rectangulaire, pourvue de trois fauteuils de cuir élimé, tous trois vides pour le moment. Constantin s'en sentit soulagé : il n'aimait pas trop croiser le regard d'autres « clients », cela le mettait mal à l'aise.

En face des fauteuils se trouvaient deux portes, espacées de deux mètres environ. Au-dessus de chacune d'elle se trouvait un gros voyant lumineux ovale. Constantin poussa un soupir d'agacement et faillit faire demi-tour.

L'un des voyants lumineux était au rouge et l'autre était carrément éteint.

Le code était très simple : lorsque la lumière était, comme en ce moment, rouge, cela signifiait que la fille, de l'autre côté de la porte, était « en main » (Constantin sourit en se disant que nulle part mieux qu'ici l'expression « en main » était adéquate). Si le voyant était vert, le nouvel arrivant pouvait entrer sans délai, on était prêt à le recevoir et à le satisfaire. Quand la lumière était éteinte, cela voulait dire soit que la cabine n'était pas en fonctionnement ce jour-là, ou à ce moment précis, soit que la fille, de l'autre côté de la porte, n'était pas tout à fait prête à recevoir son client suivant. Dès qu'elle l'était, la lumière verte apparaissait et on pouvait y aller.

Pour la troisième fois depuis dix minutes, Constantin Franquet vérifia du bout de ses doigts maigres qu'il avait bien un billet de vingt euros dans la poche gauche de sa veste. De l'autre main, il saisit son iPhone et le mit sur messagerie : il ne s'agissait pas d'être distrait par une sonnerie intempestive au meilleur moment…

Puis, il se laissa tomber dans l'un des fauteuils et, avec un tremblement d'impatience dans le genou droit, il se mit à attendre, ses petits yeux trop rapprochés fixés sur la lumière rouge au-dessus de la porte.

La porte des délices…

*

* *

Sandra Muckiewicz pressa doucement l'extrémité du tube de crème pour en faire sortir une noix, qu'elle recueillit dans sa paume gauche. Puis, elle entreprit de bien étaler le produit gras sur toute la surface interne de sa main.

De l'autre côté de la cloison contre laquelle elle était assise, elle percevait nettement des froissements d'étoffe, un bruit de ceinture que l'on déboucle, le raclement furtif des semelles sur le linoléum – et aussi une respiration masculine un peu forte, un peu trop rapide, preuve que son prochain « patient » (elle employait ce mot par une sorte d'autodérision, et aussi parce qu'elle détestait celui de « client ») était déjà bien « en condition » pour ce qui allait suivre.

« Tant mieux, songea-t-elle avec un demi-sourire, ça durera moins longtemps… »

La blonde et longiligne Sandra savait que l'homme se trouvant de l'autre côté était l'un de ses habitués les plus réguliers, celui qu'elle appelait « bec Bunsen », en raison de son sexe curieusement coudé.

Les clients du suçodrome l'ignoraient, mais deux minicaméras bien planquées dans la salle d'attente, permettaient aux deux filles occupant les cabines de savoir à qui elles avaient affaire – alors même qu'eux se croyaient parfaitement anonymes, sans visage.

Car les hommes qui pénétraient dans le suçodrome entendaient se résumer à leur sexe. Le temps qu'ils passaient là, ils *étaient* leur sexe et rien d'autre : concentration extrême de l'individu sur le centre de ses plaisirs.

Bec Bunsen était un homme d'une quarantaine d'années, plutôt petit, malingre, sans le moindre signe particulier – quasiment transparent. Tandis qu'il dégrafait son pantalon, Sandra attendait patiemment qu'il fût prêt, l'œil rivé à l'un des trois trous d'environ sept ou huit centimètres de diamètre pratiqués dans la cloison, les uns au-dessus des autres.

Dans quelques secondes, par l'un de ces trous (le plus bas, dans le cas de Bec Bunsen), allait apparaître le membre viril que Sandra aurait pour mission de « traiter », ainsi que le disait pudiquement Bedros Ghedarian, l'Arménien propriétaire du *Sex-à-piles* et, donc, du suçodrome.

Pour l'instant, le petit compteur situé juste sous les trois trous affichait toujours « 000 », et Sandra attendait. Dans un très court instant, maintenant qu'il avait le pantalon et le slip aux chevilles, Bec Bunsen allait glisser dans le monnayeur se trouvant de son côté de la cloison soit un billet de vingt euros, soit un de cinquante, et Sandra, voyant la somme s'afficher de son côté, saurait ce qu'on attendait d'elle.

C'était les tarifs décidés par Ghedarian : 20 € pour se faire masturber jusqu'au plaisir, 50 € pour une fellation « complète ». Les deux étant pratiquées par une fille anonyme dont les clients ne connaîtraient jamais le visage – en tout cas dans le cadre du suçodrome.

Les hommes venaient là pour rencontrer soit une main, soit une bouche – rien de plus.

Le monnayeur était équipé d'un compteur, réglé sur sept minutes. Ce temps écoulé, une petite lumière rouge s'allumait simultanément des deux côtés de la cloison, et la fille qui officiait cessait immédiatement toute activité, linguale ou manuelle. Quant au client, s'il n'avait pas encore pris son plaisir, il savait ce qui lui restait à faire : remettre des thunes dans le bastringue ou transporter ailleurs son érection durable.

Le suçodrome n'était pas un truc de lambins ni de flâneurs.

Du coin de l'œil, Sandra Muckiewicz vit le petit compteur lumineux indiquer « 20 », ce qui ne la surprit nullement : Bec Bunsen, depuis le temps qu'il venait ici, n'avait encore jamais payé pour une fellation. Soit parce qu'il était un adepte inconditionnel de la « branlette », soit parce qu'il était trop pauvre – ou radin.

Sandra vit le gland gonflé apparaître par le trou du bas, hésiter un moment, puis progresser de son côté de la cloison, jusqu'à ce que le sexe entier de son client soit à portée de sa main. Bien qu'elle ne puisse pas le voir, elle savait exactement dans quelle posture se trouvait Bec Bunsen : le ventre plaqué contre la cloison, afin d'offrir le maximum de « prise » à l'officiante, les mains agrippées aux deux poignées de plastique dur, situées à environ un mètre quatre-vingt du sol, afin d'assurer son équilibre.

Au début qu'elle travaillait au suçodrome, Sandra se demandait à chaque nouveau client quel plaisir ils pouvaient bien éprouver, tous ces hommes, à jouir dans des conditions pareilles, dans une posture aussi grotesque.

Mais, après plus d'un an de pratique régulière, elle avait complètement cessé de s'interroger. Elle était devenue indifférente à tout. Lorsqu'elle était ici, elle ne s'intéressait qu'à deux choses : à l'argent qui rentrait dans le monnayeur, et dont elle toucherait 50 % à la fin de sa journée, et à la pendule fixée au-dessus de la porte, dont chaque avancée d'aiguille la rapprochait un peu plus de sa délivrance, du moment où elle redeviendrait pleinement elle-même.

Car, au fil des mois, Sandra avait fini par se conformer tout à fait à ce que ses clients attendaient d'elle, en une sorte de curieux dédoublement. Au dehors, elle était Sandra Muckiewicz, mais ici elle se dépouillait de tout ce qui faisait sa personnalité pour n'être plus qu'une main et une bouche.

« Ma fille, si ça continue comme ça, tu vas virer schizo ! », se disait-elle parfois.

Avec délicatesse, elle enroula les doigts de sa main gauche – Sandra Muckiewicz était gauchère… – autour du sexe courbe de Bec Bunsen, déclenchant un profond soupir de satisfaction de l'autre côté de la mince cloison.

Il était déjà en pleine érection, ce qui n'était pas le cas de tous les clients. Certains, surtout ceux qui venaient au suçodrome pour la première fois, étaient si décontenancés par l'endroit, qu'ils ne glissaient dans l'orifice qu'une pauvre chose mollassonne, qui pendouillait alors misérablement le long de la cloison. Et que les filles avaient à charge de ranimer. Ce qui, bien sûr, était compris dans les sept minutes forfaitaires dont disposait le client.

Sandra fit d'abord doucement rouler le sexe tendu dans la paume de sa main, avec un léger mouvement tournant, afin de bien l'enduire de crème : il fallait écarter tout risque de surchauffe. Puis, lorsqu'il fut bien luisant, elle l'empoigna plus fermement et démarra un mouvement de va-et-vient souple du poignet, qu'elle accéléra progressivement, en tenant compte des variations de soupirs qui lui parvenaient très nettement de l'autre côté de la cloison.

Parfois, elle avait l'impression d'être une fermière à l'ancienne, occupée à traire une vache à un seul pis – pensée qui la faisait immanquablement sourire.

En même temps, cependant que sa main semblait prise d'une sorte de vie autonome et mécanique, Sandra Muckiewicz pensait à autre chose.

Et notamment à la chance qui lui avait fait croiser la route de Bedros Ghedarian, le patron. Enfin, « chance » était beaucoup dire, évidemment…

Il n'empêche qu'à ce moment-là de sa vie, Sandra était au bout du rouleau. À part la prostitution, elle ne voyait plus comment faire pour ne pas crever de faim, dans le squat misérable où elle avait échoué. Le problème était qu'elle ne se sentait pas du tout capable de se donner à un homme qui ne lui plairait pas, ou, pis, la dégoûterait. Or, à peu près tous les hommes la dégoûtaient, dans la mesure où, si elle n'était pas lesbienne à 100 %, elle devait tout de même largement dépasser les 80 %…

En plus de ça, elle ne se sentait pas « taillée » pour avoir du succès dans ce domaine-là – et à juste titre, il faut bien le reconnaître.

Sandra Muckiewicz était grande et élancée, elle avait de très beaux cheveux blonds. Mais c'était bien tout ce qu'elle avait pour elle, elle en était tristement consciente. Un visage terne, une peau blême et quelque peu grumeleuse, des yeux sans couleur précise, des lèvres trop minces : pas de quoi faire se retourner les mâles sur son passage. Des fesses en gouttes d'huile, une taille à peine marquée et des seins qui trouvaient le moyen d'être à la fois petits et tombants achevaient de la rendre totalement transparente aux yeux des hommes…

À présent, Sandra avait trouvé le bon rythme – un va-et-vient ni trop lent ni trop rapide, une prise en main ferme mais sans excès… – et n'en changeait plus. De l'autre côté, les gémissements de Bec Bunsen se faisaient de plus en plus rapprochés et sonores : on n'était plus très loin du dénouement, c'était l'affaire d'une minute ou deux.

Bedros Ghedarian était apparu dans la vie de Sandra Muckiewicz comme un ange tombé du ciel – en exagérant un peu. Elle était assise dans le renfoncement d'une porte cochère, la faim au ventre, en se disant qu'il ne lui restait plus qu'à mendier, à devenir vraiment « clodo », lorsqu'un homme plutôt petit, brun, souriant, au regard sombre mais extrêmement vif, s'était penché sur elle :

– Est-ce que je pourrais voir vos mains, Mademoiselle, s'il vous plaît?

La voix était agréable, polie, presque déférente, la pointe d'accent indéfinissable. Sandra avait été si surprise qu'elle n'avait même pas songé à se dérober lorsque l'inconnu, s'accroupissant devant elle, avait saisi ses deux mains pour en caresser les paumes du bout de ses doigts, aux phalanges envahis de poils noirs.

– Comme elles sont douces ! s'était-il exclamé à mi-voix. De vraies mains de fée !

Sandra, à qui les compliments de cet ordre avaient toujours été chichement mesurés, en avait éprouvé une bouffée de gratitude, à la fois logique mais inattendue pour elle. Pour un peu elle se serait mise à pleurer.

L'homme s'était redressé et, d'une voix plus neutre, avait laissé tomber :

– Vous avez l'air d'être une fille intelligente et raisonnable. Si vous cherchez un travail bien payé et pas trop fatigant, venez me trouver ce soir, entre dix heures et minuit.

Il s'était baissé pour lui tendre une petite carte et avait poursuivi son chemin sans ajouter un mot.

Deux soirs plus tard, après deux nuits blanches à force d'hésitations et de scrupules, Sandra Muckiewicz avait fait ses débuts au suçodrome. Non sans avoir juré à Bedros Ghedarian le secret le plus absolu sur ses activités.

Dès le premier soir, au cours de leur « entretien d'embauche », parce qu'il se flattait de bien connaître l'âme humaine et de savoir à qui il pouvait faire confiance ou non, l'Arménien lui avait tout dit de son petit commerce.

– Cet endroit est unique en France, tu comprends ? lui avait-il déclaré en lui faisant visiter le suçodrome.

Dès que Sandra lui avait dit accepter de travailler pour lui, Bedros Ghedarian était aussitôt et tout naturellement passé au tutoiement avec elle...

– C'est un ami à moi, Arménien lui aussi, qui a découvert ça au Japon et qui m'en a parlé. Sont très malins, ces Japonais, quand il s'agit de faire du fric, je te le dis ! Chez eux comme chez nous, les cabines de projection privées, dans les sex-shop, sont constamment détériorées par les obsédés qui bousillent les cloisons de séparation en y perçant des *glory holes*...

– Des glorioles ? avait répété Sandra, l'air béant.

– Des *glory holes* ! avait rigolé l'Arménien. C'est de l'anglais ! Ça veut dire des trous glorieux, ou des trous de gloire, je ne sais pas trop comment traduire ça. Enfin, bref, ça se pratique surtout dans les cabines où passent des films pour pédés : un type creuse un trou dans la paroi, à la bonne hauteur ; le type qui est dans la cabine voisine n'a plus qu'à y passer sa bite pour se faire branler ou sucer par le premier !

Eh bien, nos Japonais, ils ont eu l'idée d'institutionnaliser le truc et de faire payer, tu comprends ?

– Et, vous, vous avez eu celle de faire la même chose ici, en France, avait déduit Sandra.

– Tout juste, ma belle ! J'ai tout de suite vu qu'il y avait du fric à se faire avec ça. Oh ! pas des fortunes, évidemment ! Mais enfin, c'est le genre de truc qui roule tout seul, ne nécessite aucun frais de fonctionnement : une fois que tu as rentabilisé les équipements de départ, après c'est tout bénéfice, à la fois pour les filles et pour moi !

Sandra s'était abstenue de lui dire que si lui n'avait que la peine d'ouvrir son tiroir caisse pour y vider les monnayeurs, les filles, elles, devaient tout de même branler et sucer des dizaines de sexes anonymes chaque jour…

– Le seul point noir, ce sont les flics, évidemment, avait alors soupiré Bedros Ghedarian. Je ne connais pas la législation japonaise, mais il y a une chose que je sais : ici, ouvrir un truc pareil, ça fait automatiquement de moi un proxénète ! Voilà pourquoi j'ai été obligé d'entourer ce nouveau « service » d'une certaine… discrétion.

En clair, l'Arménien avait expliqué à Sandra que son suçodrome était une chose totalement illégale. Ce qui n'avait nullement impressionné la jeune femme : la loi, les flics, les juges, elle s'en foutait…

De l'autre côté de la cloison, les gémissements de Bec Bunsen s'étaient transformés en une sorte de supplique rauque et ininterrompue. Sandra comprit que l'explosion était imminente, d'autant mieux que la verge palpitait de plus en plus vite entre ses doigts.

D'un geste preste, elle tira deux mouchoirs en papiers de la boîte posée à portée de sa main droite et les disposa juste sous le gland de son « patient ». Avec certains autres, qui avaient l'éjaculation puissante et impétueuse, elle plaçait les mouchoirs *devant* le sexe, afin d'éviter les jets de sperme sur le sol, qu'il fallait ensuite nettoyer.

Mais Bec Bunsen, lui, faisait dans le goutte-à-goutte, et aucun jaillissement intempestif n'était à redouter – sauf exception bien entendu.

Il jouit avec un long râle d'agonie heureuse, et Sandra parvint à recueillir tout son plaisir sans en laisser échapper la moindre goutte, ni s'en prendre une ou deux sur la main – contact dont elle avait horreur.

Sans lâcher le membre viril, elle chiffonna les mouchoirs en boule pour les jeter dans la corbeille, à ses pieds. Puis, elle attrapa la lingette humide et parfumée, qu'elle avait eu soin de sortir de son emballage avant l'arrivée de son client, afin de le nettoyer convenablement. Elle allait procéder à ce débarbouillage express, lorsqu'elle suspendit son geste et faillit pousser un cri de joie.

Sur le petit écran de contrôle, relié aux deux caméras filmant la salle d'attente, elle venait de voir apparaître la silhouette d'un nouveau client, entrant et prenant place dans l'un des fauteuils de cuir élimé.

Pas n'importe quel client.

Celui qu'elle attendait, qu'elle espérait depuis plus de deux semaines.

Dont elle guettait la visite, d'heure en heure, sans jamais le voir apparaître.

Enfin, il était là !

Constantin Franchet, qui se faisait appeler Mohammed, cette immonde pourriture !

Le plan allait pouvoir se dérouler comme il était prévu de longue date.

La destinée était sur le point de s'accomplir.

Dès que le sexe en voie de ramollissement de Bec Bunsen eut disparu du *glory hole*, Sandra bondit de sa chaise et se précipita vers le petit tableau de commande, situé entre la porte de la petite pièce et son poste de travail. Elle enfonça la touche éteignant la veilleuse au-dessus de la porte de la « cabine-client », ainsi qu'il était d'usage de dire. Ainsi, l'homme qui était assis dans le fauteuil ne s'impatienterait pas, comprenant que la fille invisible était en train de se préparer pour le recevoir.

Ensuite, Sandra enfonça une touche noire et

approcha sa bouche d'une petite grille métallique :

– Pam ? T'es là ?

Un léger grésillement, puis une voix de fille, déformée par l'appareillage de qualité médiocre :

– Ouais, pourquoi ?

Paméla Ricœur officiait dans l'autre cabine. Sandra savait que c'était la partie la plus délicate du plan, parce qu'il fallait compter avec la bonne volonté de sa voisine. Laquelle, heureusement, était par nature encline à toujours faire ce qu'on attendait d'elle.

– Éteins ta loupiote, ma chérie, j'ai envie qu'on aille boire un coup vite fait ! répondit Sandra.

Une seconde ou deux de silence, du côté de Paméla, puis une voix molle et incertaine :

– C'est gonflé, non ? Y a un client qui attend…

– T'occupe, il vient pour moi, celui-là et il sait être patient. Même, ça l'excite un max, de devoir m'attendre un peu ! répliqua Sandra d'une voix très assurée d'elle-même. Allez, bouge ton cul, ma vieille !

– Bon, bon, d'accord…

Sandra Muckiewicz se lava rapidement les mains au minuscule lavabo et quitta la pièce exiguë. Paméla Ricœur, une petite brune franchement obèse et au visage inexpressif l'attendait déjà dans l'étroit couloir desservant les deux cabines. À une extrémité, il donnait sur la cour intérieure par où arrivaient les clients ; l'autre porte ouvrait sur les toilettes du sex-shop, réservées au personnel.

– On sort par où ? demanda mollement Paméla. Ce serait peut-être mieux de prévenir Dumbo, tu crois pas ?

Dumbo, c'était Bedros Ghedarian, ainsi surnommé par les filles en raison de l'ampleur et de la vigueur de sa « trompe » : il était le seul à emplir totalement les *glory holes* des cabines. Si bien que, lorsqu'il venait profiter des talents de ses employées, il croyait le faire en toute discrétion, mais toutes savaient très bien, en voyant cet énorme membre pointer vers elles à travers la cloison, à qui elles avaient affaire…

– T'as raison, c'est mieux ! conclut Sandra après quelques secondes de réflexion, en se dirigeant vers la porte donnant sur les toilettes.

Elle s'était dit qu'il y avait un petit risque que Ghedarian leur refuse la permission de sortir. Mais, d'un autre côté, qu'il puisse le cas échéant témoigner qu'elles s'étaient absentées était une excellente chose.

Les toilettes étaient vides et les deux filles passèrent directement dans le petit couloir qui desservait d'abord le bureau de Bedros Ghedarian, avant de déboucher, une nouvelle porte franchie, à l'intérieur même du *Sex-à-piles*.

Il était onze heures du soir, les trois grandes salles

du sex-shop, violemment illuminées, étaient presque vides. Seuls trois hommes d'un certain âge, s'ignorant soigneusement les uns les autres, étaient occupés à regarder les cassettes pornos ou les revues X, d'un air qui se voulait négligent et désabusé, mais qui, en réalité, dégoulinait de désirs frustrés et rageurs.

Au fond de la salle principale se trouvaient deux escaliers : l'un descendait vers les cabines de projection de vidéos, l'autre montait vers celle du peep-show.

À l'entrée de celui-ci, du coin de l'œil, Sandra repéra tout de suite la silhouette à la fois étrange et familière de Najat, la fille qui avait pour tâche peu enviable d'effacer les « traces » des clients dans les différentes cabines, de recharger les distributeurs de mouchoirs en papier, etc.

Silhouette familière parce que Najat était presque tout le temps présente, balayant ici, époussetant là, vidant les corbeilles pleines de mouchoirs souillés, passant la serpillière en haut ou en bas, etc.

Et silhouette étrange parce que, musulmane de stricte observance, Najat ne quittait jamais son *niqab* pour travailler, et quasiment personne ne pouvait se vanter d'avoir rien vu de plus de son visage que ses magnifiques yeux d'un noir profond et taillés en deux amandes délicates.

Lorsqu'elle vit Sandra, la femme voilée s'immobilisa et la fixa de son regard toujours intense, presque fiévreux. La blonde lui adressa un imperceptible hochement de tête que l'autre ne parut même pas remarquer. Son seau et son balai à la main, elle se dirigea vers les toilettes, sans plus se préoccuper de Sandra. Celle-ci eut un léger haussement d'épaules et, toujours escortée de Paméla, se dirigea vers l'avant de la boutique, dont la porte, masquée par une lourde tenture rouge sang, donnait sur le boulevard de Clichy.

Le patron était seul derrière le petit comptoir de la caisse, occupé à y disposer les flacons de poppers[1] qui avaient été livrés en fin d'après-midi.

– Eh, Boss ! s'exclama joyeusement Sandra, on a un trou, là et on se disait, Pam et moi, qu'on pourrait en profiter pour aller s'en jeter un petit, vite fait !

Bedros Ghedarian fronça les sourcils, qu'il avait déjà fort épais et charbonneux :

– Vous savez que je n'aime pas beaucoup que mes filles s'absentent en même temps !

Il disait toujours « *mes* filles », comme un seigneur d'ancien régime aurait parlé de *ses* paysans…

– Mais puisqu'on vous dit qu'y a personne ! soupira Sandra, les yeux levés au plafond. De toute

1. Nitrite d'amyle. Inhalée, ce vaso-dilatateur a pour effet secondaire de décupler instantanément les désirs et les sensations sexuelles. Vendu en sex-shop, il est particulièrement en vogue chez les homosexuels.

façon, on en a pour dix minutes max. Et les clients savent bien qu'il faut qu'on se « rafraîchisse » entre deux et qu'il y a un peu d'attente : ils vont pas faire la révolution pour ça, hein !

– Bon, bon, OK, allez-y soupira l'Arménien. Mais rapidos, hein ? Vous serez *chez Lucienne* ? Que je puisse aller vous chercher en cas de coup de feu…

– Ben oui, *chez Lucienne* : où voulez-vous qu'on aille ? répondit Sandra en se dirigeant vers la porte. Y a que là qu'on peut avoir un compte, alors…

En écartant la lourde tenture pour quitter le sex-shop, Sandra Muckiewicz s'aperçut que son cœur battait plus vite et plus fort que d'ordinaire.

C'est que les dés venaient de rouler sur la piste et que le compte à rebours était déjà commencé.

*

* *

Aidé en cela par le silence et la chaleur moite, Constantin Franchet était tombé dans une vague somnolence, lorsque la lumière verte s'allumant au dessus de la porte de la cabine de droite le fit sursauter.

Ça y était ! La fille était prête à le recevoir et à lui prodiguer la caresse affolante de ses lèvres ! Car contrairement à Bec Bunsen – qu'il avait fait semblant de ne pas voir passer près de lui au sortir de la cabine, et dont il ignorait bien évidemment le sobriquet –, Constantin, lui, prenait toujours le service « de luxe » : démarrage à la main et finition buccale, pour cinquante euros tout compris. Pas donné, mais ça en valait la peine, il n'avait encore jamais été déçu : ce vieil escroc d'Arménien savait choisir ses collaboratrices…

Il se précipita sur la porte, l'ouvrit à la volée et s'engouffra à l'intérieur de la minuscule pièce dépourvue de la moindre ouverture, autre que cette porte qui se refermait toute seule dans son dos et dont il tourna le petit verrou métallique d'un geste machinal et nerveux.

Il s'efforça d'oublier très vite l'odeur qui venait de frapper ses narines : un mélange de sueur mâle et de sperme qui le mettait toujours un peu mal à l'aise. Il l'oublia d'autant plus facilement que ses petits yeux rapprochés venaient de se fixer sur les trois orifices circulaires pratiqués dans la cloison, aux bords soigneusement polis.

Elle était là, de l'autre côté ! Sa main et ses lèvres n'attendant que son membre fier et dur pour l'honorer comme il convenait ! Il se mit à trembler d'impatience.

Avec des gestes maladroits, Constantin entreprit de déboucler sa ceinture, puis de descendre la fermeture Éclair de son pantalon gris, bon marché et mal coupé.

Il bandait comme un cerf, distendant le tissu de son slip blanc, assez fatigué.

Un moment, après avoir fait jaillir sa verge de belle taille à l'air libre, Constantin eut la tentation de se pencher et de coller son œil à l'un ou l'autre des *glory holes*, afin de voir à quoi ressemblait la fille qui allait assouvir ses désirs. Finalement, il se contint. Une fois, tout au début, il s'était livré à ce petit jeu et mal lui en avait pris. De l'autre côté, la fille avait violemment soufflé dans l'orifice, et il avait eu l'œil écarlate pendant au moins trois jours…

En plus, elle avait averti ce gros porc de Ghedarian, et il avait eu droit à une belle engueulade à la sortie. Mieux valait faire profil bas et se concentrer sur l'essentiel.

Après avoir glissé son billet de cinquante euros dans la fente du monnayeur, Constantin saisit les deux poignées de plastique fixées dans la cloison, de part et d'autre de sa tête. Puis, tremblant d'excitation et d'impatience, il enfila d'un coup son membre dans l'orifice supérieur, plaquant son ventre et sa poitrine contre la cloison. Le paradis était proche…

Effectivement, il sentit une main incroyablement douce se refermer autour de sa hampe palpitante. De sa gorge déployée s'échappa un long gémissement de plaisir, tandis que ses mains se crispaient sur les poignées.

Perdu dans son délire érotique, Constantin Franchet ne songea même pas à s'étonner de cette soudaine sensation de froid qu'il venait de ressentir, juste à la base de son sexe englouti par la cloison.

*

* *

– Bon, qu'est-ce qu'elles foutent, nom de Dieu ! grommela Bedros Ghedarian, après avoir consulté la pendule fixée au mur derrière lui. Faudrait quand même pas que ces deux pétasses me prennent pour un con, sinon je vais les dérouiller, moi !

Ghedarian adorait jouer les durs, les méchants. Mais il était d'un naturel plutôt bonnasse en réalité, et il n'impressionnait pas beaucoup *ses* filles, en général.

Il n'y avait que lorsqu'il croyait ses intérêts menacés que l'Arménien pouvait devenir très très méchant…

À ce moment, Avedis Bougourian, son « quartier-maître », comme il aimait appeler le jeune homme – un lointain cousin à lui – pénétra dans le sex-shop, un énorme sandwich kebab à la main droite et son perpétuel sourire aux lèvres.

– Avedis, mon fils, je t'ai déjà dit cent fois que je

n'aimais pas que tu bouffes ici ! soupira Ghedarian. Les clients n'entrent pas chez nous pour renifler des odeurs de mouton !

– Ben... c'est pas grave, y a personne, répondit le jeune homme avec insouciance et sans se départir de son sourire. Je le planquerai s'il entre du monde...

Bedros Ghedarian renonça à discuter. Il se leva de la chaise tournante, contourna le comptoir et posa sa grosse patte sur l'épaule de son « quartier-maître » :

– Bon, occupe-toi de la boutique. Moi, je file au bureau faire un peu de comptabilité...

Averis Bougourian retint un sourire. Il savait très bien ce que signifiait « faire un peu de comptabilité », en l'occurrence : Bedros Ghedarian allait s'installer confortablement dans son fauteuil, allumer la télé et son lecteur de DVD, afin de mater l'un des nouveaux films « lesbiens » qu'ils venaient tout juste de recevoir. C'était son péché mignon, à Bedros Ghedarian, les films lesbiens. Rien ne l'excitait davantage que de voir deux filles l'une sur l'autre, tête-bêche, en train de se « brouter le minou ». Un homme simple, au fond.

L'Arménien traversa la grande salle, en ce moment tout à fait déserte, et s'engouffra dans le couloir conduisant à son bureau et aux toilettes. Il avait la main sur la poignée de la porte, lorsqu'un long hurlement parvint à ses oreilles.

Un hurlement assourdi, lointain, semblant monter des profondeurs même de la terre, mais suffisamment effrayant pour glacer les sangs de n'importe qui, tellement il exprimait de souffrance et d'horreur.

Bedros Ghedarian en resta plusieurs secondes tétanisé, se demandant d'où pouvait venir un tel cri. Et, même, s'il n'était pas le jouet de son imagination.

Mais Ghedarian réalisa qu'il était en fait très peu imaginatif, et que ce hurlement devait donc être bien réel.

Le même cri de désespoir absolu monta de nouveau vers lui. Et, cette seconde fois, prévenu, Bedros Ghedarian le localisa plus précisément.

Ça venait du « suçodrome », comme disaient les filles et certains clients. Ce n'était pas possible autrement, ça ne pouvait venir que de là.

L'Arménien entra dans son bureau, saisit à la volée le petit trousseau de clés qui se trouvait sur sa table de travail, ressortit aussi vite qu'il était entré.

Il se rua vers les toilettes, les traversa sans rien voir, déverrouilla la porte qui donnait sur le couloir desservant les cabines des filles.

Il ouvrit les deux portes l'une après l'autre : personne. « Évidemment, imbécile ! songea-t-il en faisant demi-tour précipitamment. Puisque tu les as vues partir pour aller *chez Lucienne* ! »

Il obliqua à gauche, dans l'étroit passage qui permettait d'accéder directement à la salle d'attente des clients, ainsi qu'aux cabines qui leur étaient réservées.

Là encore, il lui fallut déverrouiller la porte : il prenait toutes les précautions possibles, afin d'éviter les visites désagréables – genre police, par exemple.

La salle d'attente était vide. Au-dessus des portes des cabines, l'un des voyants était éteint, logique vu l'absence des filles, mais l'autre était au rouge.

Pas normal.

Ghedarian saisit une troisième clé de son trousseau et déverrouilla cette seconde porte.

Il se figea sur place, avec l'impression d'être transformé en statue de sel. Ou d'autre chose, mais de toute façon en une matière désagréable.

Un homme était allongé sur le sol, agitant spasmodiquement ses bras et ses jambes et râlant de plus en plus faiblement.

Il avait le pantalon et le slip sous les genoux, et baignait dans une mare de sang. Son sang.

Lequel s'échappait de son corps par jets réguliers pour retomber en pluie sur lui.

S'échappait par la plaie répugnante que l'on pouvait voir au bas de son ventre, là où son sexe aurait en principe dû être mais où il n'était plus.

Parce qu'il avait été tranché net, à environ un

centimètre de son pubis.

Un centimètre : à peu près l'épaisseur de la cloison. Et le sang qui maculait le pourtour du *glory hole* supérieur fit comprendre à l'Arménien que le membre viril détaché de son propriétaire devait se trouver de l'autre côté de la cloison.

– Aidez-moi, je vous en supplie, par Allah ! se mit alors à râler Constantin Franchet, en tendant son bras tressautant en direction de Ghedarian.

Le premier réflexe de ce dernier fut en effet de se précipiter vers le malheureux afin de le secourir, de tenter d'arrêter le sang qui continuait de jaillir de son horrible blessure.

Mais il suspendit le mouvement qu'il venait d'amorcer, et ses sourcils broussailleux se froncèrent.

Si ce « regrettable incident » venait à s'ébruiter, il pouvait dire adieu au suçodrome. Et, même, il risquait fort de se retrouver en taule pour proxénétisme, malgré les soutiens dont il disposait à la brigade des stups, à qui, de temps en temps, il livrait un petit trafiquant de coke ou d'héroïne de seconde zone.

Il inclina la tête et baissa les yeux vers Constantin, dont le teint était devenu affreusement livide :

– Je suis désolé, mon gars, murmura-t-il. Sincèrement désolé. Mais je crois que ce sera mieux pour tout le monde si…

Il n'acheva pas. Un reste de pudeur, sans doute.

Bedros Ghedarian resta là, debout, les bras ballants et le visage inexpressif. Attendant patiemment que l'homme sauvagement émasculé ne rende son dernier soupir.

Après, il ne lui resterait plus qu'à se débarrasser du corps et on n'en parlerait plus.

Il recula jusqu'à la porte, sans quitter l'agonisant des yeux. En se disant que la mort ne serait sûrement pas très lente à venir, vu la manière dont Constantin perdait son sang.

Il n'empêche : il allait tout de même devoir jouer serré, s'il voulait éviter les emmerdes…

Pour faire au plus court, plutôt que de repasser par la salle d'attente, Bedros Ghedarian emprunta le couloir débouchant sur les toilettes privées.

Totalement accaparé par ses pensées, toutes moins riantes les unes que les autres, il n'accorda pas la moindre attention à sa femme de ménage, voilée de la tête aux pieds, qui, à genoux dans l'une des deux cabines, était occupée à nettoyer la cuvette de la toilette.

Elle-même ne tourna pas la tête au passage de son patron, trop absorbée sans doute par sa tâche.

C'est à peine si son corps avait tressailli lorsqu'elle avait entendu la porte s'ouvrir dans son dos.

Chapitre II

– Salut, Petit bonhomme ! claironna le commandant Boris Corentin, en pénétrant dans le bureau des Affaires recommandées, la section reine de la BRP, la brigade de répression du proxénétisme, plus connue sous son ancien nom de Brigade mondaine.

– Salut, Grand chef ! répondit le lieutenant Géraldine Hébert sur le même ton, avec un large sourire qui fit apparaître la petite fossette de sa joue droite. Bien dormi ?

– Comme une bûche ! Et toi ?

– Comme deux bûches, minimum ! Il faut dire que Justine est passée à la maison hier soir, et que les deux bouteilles de chablis qu'elle avait apportées avec elle m'ont bien aidée à m'endormir, après son départ…

Justine Sandillon, grand reporter de son état, était la meilleure amie de Géraldine Hébert. En plus, rousses, frisées, le visage rond et les courbes avantageuses toutes les deux, elles se ressemblaient comme les deux sœurs qu'elles n'étaient pas. En tout cas, pas par le sang.

– Et Liselotte ? s'enquit Boris Corentin, en s'installant à son bureau et mettant son ordinateur sous tension.

Liselotte Faarup, superbe Danoise de 23 ans, rencontrée à l'occasion d'une enquête particulièrement délicate[1], vivait depuis plus d'un an avec Géraldine Hébert, et les deux jeunes femmes semblaient plus amoureuses encore qu'au premier jour.

Car, aux yeux de Boris Corentin, qui trouvait son « Petit bonhomme » tout à fait à son goût, Géraldine n'avait qu'un seul défaut, mais insurmontable : elle était 100 % lesbienne, ou plus exactement *féminophile*, ainsi qu'elle préférait dire elle-même, trouvant l'autre mot très laid.

Mais, d'un autre côté, il s'entendait tellement bien avec elle, ils avaient su tisser des liens si vrais, depuis l'entrée de Géraldine à la Brigade mondaine, qu'il se disait parfois que c'était mieux ainsi : une *love affair* entre eux aurait été capable, si elle tournait mal, de tout gâcher.

Et puis, parfois, les soirs de confidences, il se rendait bien compte que, toute féminophile qu'elle soit, Géraldine Hébert n'était pas tout à fait insensible à son charme viril... Qui sait ? Peut-être qu'un jour... Ou plutôt un soir...

1. Voir le Brigade mondaine N° 275 : *Traquenard pour femmes seules.*

Boris Corentin s'ébroua des épaules comme pour chasser cette rêverie persistante. Il reposa sa question :

– Et la belle Liselotte, donc ?

– Toujours à Aarhus[1], chez ses parents, répondit Géraldine Hébert, dont le sourire se voila. J'en ai encore pour une semaine d'abstinence : c'est dur, tu sais ?

– Tu n'as pas de sex-toy ? plaisanta Boris.

– C'est pas du tout pareil ! répliqua Géraldine, sans se formaliser de cette question un peu « osée ». Et puis, y a pas que la pénétration, dans la vie, si ? C'est vraiment une remarque de mec, ça, encore !

Son sourire revint comme par magie :

– Tiens, à propos de macho, Justine m'en a servi une, hier soir, complètement con, limite beauf même, mais qui m'a fait rire. Tu la veux ?

– Va toujours…

– C'est un type qui rentre dans une pharmacie et demande s'il existe des capotes parfumées aux fruits. – Mais oui, lui répond la pharmacienne. Quel parfum voudriez-vous ? Et le client : – À la pomme : c'est pour un boudin !

– Quelle classe ! quelle distinction ! quelle élégance ! comme dirait ce bon Mémé ! soupira comiquement Boris Corentin, en affectant la consternation.

1. Ville danoise, dont le nom se prononce approximativement « Aurousse ».

– À propos de Mémé, il est en vacances jusqu'à quand, au fait ? voulut savoir Géraldine Hébert.

Le capitaine Aimé Brichot était le véritable coéquipier de Boris Corentin, depuis une vingtaine d'années. Leur duo était cité en exemple dans toute la Brigade mondaine, et même au-delà, jusqu'à la Brigade criminelle.

Au début, il avait vu d'un assez mauvais œil l'intrusion de Géraldine Hébert dans leur « couple », mais leurs relations avaient très vite perdu leur froideur initiale. N'en demeurait, à titre de vestige, que le vouvoiement dont ni Aimé ni Géraldine n'avaient pu se défaire.

– Il rentre dans dix jours, si je me souviens bien, répondit Corentin. Il a pris trois semaines…

– Il est parti en famille, comme d'hab ?

– En semi-famille, si je puis dire : cette année, pour la première fois, les jumelles partent de leur côté, sans papa-maman : un séjour linguistique à Manchester…

– Manchester ? Charmante petite cité balnéaire ! commenta ironiquement Géraldine. Je leur souhaite bien du plaisir, à Rose et Colette ! Il est vrai qu'à leur âge, le paysage, hein… J'espère au moins qu'elles ne vont pas succomber aux charmes des jeunes mâles britanniques. En tout ca, pas « jusqu'au bout », comme on dit…

– C'est la hantise de ce pauvre Mémé ! sourit

Boris. Je me demande si ça ne va pas complètement lui gâcher ses vacances. À lui et à Jeannette, par la même occasion.

– D'un autre côté, elles viennent d'avoir 15 ans, les jumelles, reprit Géraldine. Même si l'une ou l'autre se faisait sauter la rustine, ce serait un peu jeune mais pas dramatique !

Boris Corentin s'apprêtait à faire une remarque concernant l'élégance de la formule employée par Géraldine, lorsque son téléphone fixe se mit à sonner. Il décrocha avant la deuxième sonnerie et identifia tout de suite la voix éraillée par le tabac du commissaire divisionnaire Charlie Badolini, le patron de la Brigade mondaine.

– Boris ?

– Soi-même, patron…

– Bon, rappliquez dans mon bureau avec Brichot : j'ai quelque chose pour vous…

– Monsieur le divisionnaire, je vous rappelle que Mémé est en congé pour trois semaines…

– Ah, oui, c'est vrai, grommela Badolini à l'autre bout de la ligne. Des vacances, des vacances… je vous demande un peu ! Est-ce que je prends des… Enfin, bref ! Mademoiselle Hébert est avec vous, elle ?

– Oui, patron.

– Eh bien, arrivez tous les deux, alors ! Et pas dans deux heures, hein !

Boris Corentin raccrocha avec un petit soupir. C'était l'un des côtés un peu irritants de Badolini : toujours feindre de croire que ses subordonnés ne pensaient qu'à lambiner…

– C'était Baba, je suppose ? fit Géraldine, déjà debout. On est convoqué dans le bureau ovale ?

C'est elle qui avait rebaptisé ainsi le bureau du commissaire divisionnaire, pourtant parfaitement carré. Ça remontait à l'enquête que Corentin et elle avaient eue à mener, l'année précédente, à Washington[1].

Deux minutes plus tard, Géraldine Hébert sur ses talons, Boris Corentin poussait la double porte capitonnée qui permettait d'accéder au « bureau ovale », puisque bureau ovale il y avait désormais. Lequel était déjà, malgré l'heure matinale, envahi par une épaisse fumée tabagique : Charlie Badolini n'avait pas encore intégré le fait que l'interdiction de fumer sur le lieu de travail s'étendait aussi à lui…

Les deux policiers eurent la surprise de découvrir, occupant l'un des deux fauteuils Empire réservés aux visiteurs, un jeune homme blond, mince, impeccablement coiffé, l'air très jeune et un peu emprunté, vêtu très classiquement d'un costume gris clair d'excellente coupe, dûment cravaté, et arborant de superbes mocassins noirs, visiblement

1. Voir le Brigade mondaine N° 294 : *Les Oies blanches du Capitole.* Le bureau ovale est celui, à la Maison Blanche, du président des Etats-Unis.

faits sur mesures. À leur entrée, il se leva avec une certaine précipitation, cependant que ses joues pâles se coloraient de rose.

– Mademoiselle Hébert, Boris, permettez-moi de vous présenter Bertrand du Saguenay, annonça Badolini, un brin solennel. M. du Saguenay est actuellement élève à l'ENSP[1]. Son père a pensé, à très juste titre, que ce serait très bien pour sa formation qu'il passe l'été dans une brigade afin de se familiariser avec le travail « de terrain », et aussi avec les hommes et les femmes qu'il aura pour mission de commander à l'issue de sa formation. C'est nous qui avons été choisis par notre directeur pour l'aider à faire ses premiers pas dans la réalité de notre métier. Nous, c'est-à-dire vous…

« Nous y voilà ! songea Boris Corentin, en s'efforçant de rester impassible. Et à qui on s'empresse de le refiler, le fils de famille ? »

Corentin n'avait pas pensé « fils de famille » au hasard : il savait que, depuis le remaniement du mois précédent, Aymar du Saguenay était devenu l'un des plus proches collaborateurs de Brice Hortefeux, le nouveau ministre de l'Intérieur. Un homme à qui on ne pouvait rien refuser…

En attendant, il allait devoir s'appuyer la présence constante du jeune homme durant les deux

1. École nationale supérieure de la police, située à Saint-Cyr-au-Mont-d'Or, près de Lyon, où sont formés, en deux ans, les futurs commissaires.

mois à venir, ce qui ne l'amusait pas du tout.

En revanche, à voir sa mine épanouie et les éclairs que lançaient ses grands yeux émeraude, il eut la nette impression que Géraldine Hébert, elle, était tout excitée à l'idée de devoir jouer, à son tour, les maîtresses d'école pour un «petit jeune». Ça lui passerait très vite…

De rose qu'il était déjà, Bertrand du Saguenay vira au rouge flamboyant lorsque sa main enveloppa celle de Géraldine. Et on sentait qu'il faisait des efforts méritoires pour ne pas détailler ses charmes des pieds à la tête.

Il lui offrit galamment son fauteuil et, après un rapide coup d'œil circulaire dans le grand bureau enfumé, alla chercher pour lui l'une des chaises alignées contre le mur de droite, abandonnant l'autre fauteuil à Corentin.

«Bon point pour toi, mon gars ! songea celui-ci. La bonne éducation, il n'y a que ça de vrai… »

Charlie Badolini ouvrait déjà la bouche pour y aller de son petit speech convenu, lorsque son téléphone se mit à sonner. Il décrocha avec une moue contrariée.

– Oui, allô ! aboya-t-il sur un ton rien moins qu'aimable.

Mais ce fut pour se radoucir aussitôt :

– Ah ! c'est vous, Manginot ? Ça fait longtemps, dites… Comment ça va par chez vous ?

La formidable mémoire de Boris Corentin se mit aussitôt en marche. À la question qu'il s'était mentalement posée, la réponse arriva au bout de deux secondes : André Manginot, commissaire principal, responsable du XVIIIe arrondissement de Paris, l'un des plus « chauds ». Et, accessoirement, ami depuis plus de trente ans avec Charlie Badolini.

– Attends, je note… fit celui-ci, le visage redevenu grave après une ébauche de sourire. Vas-y, je t'écoute…

La communication ne dura que peu de temps et fut à sens unique, Charlie Badolini se contentant de quelques grognements d'approbation.

Lorsqu'il eut pris congé du commissaire Manginot, il leva les yeux et s'adressa directement à Bertrand du Saguenay :

– Mon jeune ami, vous allez pouvoir plonger tout de suite dans le grand bain, j'ai quelque chose pour vous…

– On peut savoir, Monsieur le divisionnaire ? risqua Géraldine Hébert, en remontant machinalement sur son nez retroussé ses petites lunettes rondes et cerclées d'or. Si c'est pas indiscret, bien sûr…

Charlie Badolini eut un haussement d'épaules agacé :

– Évidemment, que ce n'est pas indiscret !

Puis, il tourna la tête vers Boris Corentin, qui

attendait la suite sans impatience notable :

– Vos collègues du XVIIIe ont un cadavre sur les bras. Un cadavre masculin, si je puis dire…

– Pourquoi « si je puis dire », Monsieur le divisionnaire ? releva Géraldine Hébert.

– Attendez la suite, Mademoiselle ! Mais quelle impatience… Bref, le corps a été découvert ce matin sur un chantier de la rue Doudeauville, par les ouvriers qui venaient prendre leur travail. Peu après sept heures…

– Ça ne relève pas de votre compétence, il me semble… risqua Bertrand du Saguenay, empressé à montrer sa science policière encore toute fraîche.

– En principe, non, admit Charlie Badolini. Sauf que, là, l'homme en question était entièrement nu et qu'on lui avait proprement tranché le sexe ; lequel sexe n'a pas encore été retrouvé au moment où je vous parle.

– Par le sang du Christ ! tonna alors du Saguenay, faisant sursauter les trois autres.

Géraldine Hébert faillit éclater de rire devant cette exclamation pour le moins désuète, tandis que les deux hommes prenaient un air ébahi, voire vaguement inquiet.

Bertrand du Saguenay s'aperçut de l'effet produit, rougit de nouveau et bafouilla :

– Pardonnez-moi, Monsieur le divisionnaire… Une vieille habitude… Je…

Il renonça à s'expliquer davantage.

– Le corps est déjà à l'IML[1], reprit Charlie Badolini. Passez donc un coup de fil à Manginot pour avoir tous les détails et filez place Mazas, afin de déterminer si l'affaire peut nous intéresser ou non. Et tenez-moi au courant rapidement, que je sache quoi dire à Manginot…

Dans le langage de Charlie Badolini, « tenez-moi au courant » signifiait toujours quelque chose comme : « disparaissez, j'ai autre chose à faire maintenant ». Ce que les trois policiers firent aussitôt.

– Tu es déjà allé à la morgue ? s'enquit Géraldine Hébert, en adoptant tout naturellement et d'emblée le tutoiement avec leur nouveau collègue.

– Non… pas encore…

– Eh bien, ce sera ton baptême du feu ! fit Boris Corentin, en se dirigeant vers l'escalier.

– Dis plutôt son baptême de la glace ! rectifia Géraldine Hébert en riant toute seule.

1. L'institut médico-légal, autrement dit la morgue, situé en contrebas du pont d'Austerlitz.

CHAPITRE III

Déjà, derrière le Sacré-Cœur, le ciel s'éclaircissait : le jour n'allait pas tarder à poindre. Sandra Muckiewicz se sentait fatiguée. Fatiguée et sale. Comme à chaque fois – heureusement c'était assez rare – qu'elle « faisait un client en extérieur ». C'est-à-dire qu'elle acceptait de coucher avec un type contre une cinquantaine d'euros.

Celui de cette nuit, un quinquagénaire bedonnant, rouge et transpirant, avait insisté pour qu'elle vienne à son hôtel – il lui avait dit être à Paris pour trois jours, à l'occasion d'elle ne savait plus quel salon, et repartir le surlendemain pour Moulins, où il dirigeait une petite entreprise de transports routiers et aussi de déménagement.

Pour aller à l'hôtel plutôt que de rester dans sa voiture, Sandra avait tenté de négocier ses tarifs à la hausse. Mais l'Auvergnat avait été net. Net et cruel :

– Ce sera cinquante ou rien ! Tu t'es regardée, sans déconner ? C'est tout ce que tu vaux, ma pauvre ! Et encore, je me trouve bien généreux…

Sandra avait failli le gifler et quitter la voiture. Mais finalement elle était restée et l'avait suivi jusqu'à son hôtel, tout près de la place de la Concorde.

Elle avait absolument besoin de ces cinquante euros. Sinon, l'électricité serait coupée dans la journée, chez elle.

Normalement, elle aurait dû les gagner très largement au suçodrome : dans les nuits « où ça voulait rigoler un peu », comme disait sa voisine de cabine, Paméla Ricœur, elle pouvait se faire jusqu'à 150, voire 200 €.

Seulement, là, quand Pam et elle étaient revenues de *Chez Lucienne*, Bedros Ghedarian leur avait annoncé tout à trac qu'il avait « un gros souci de monnayeurs » et que, par conséquent, le suçodrome était fermé jusqu'au lendemain midi.

En entendant ça, Sandra avait senti une vraie jubilation s'emparer d'elle, qu'elle s'était efforcée de ne pas laisser paraître ; cette fermeture ne pouvait signifier qu'une chose : que tout avait parfaitement fonctionné.

Mais, d'un autre côté, cette « interruption du service » ne faisait pas du tout ses affaires, sur le plan financier ! Voilà pourquoi, bien à contre-cœur, comme chaque fois, elle était allée arpenter le boulevard dans les deux sens, jusqu'à ce qu'une voiture daigne s'arrêter à sa hauteur pour lui proposer, selon la formule convenue, de « passer un bon moment ensemble ». Un bon moment… C'était vraiment trop dire !

Sandra s'était souvent posé la question suivante : pourquoi était-elle à ce point dégoûtée par les hommes, lorsqu'il s'agissait de faire l'amour avec eux – ou plutôt de les laisser lui faire l'amour, car il ne fallait pas trop compter sur elle pour participer à l'action… –, alors que ça ne la gênait nullement de masturber et de prendre dans sa bouche des sexes anonymes, quand ça se passait dans l'officine de Bedros Ghedarian ?

Ce n'était pas tant le fait de son dégoût qui la surprenait : après tout, depuis sa prime adolescence, elle s'était toujours sentie attirée quasi exclusivement par les filles, tandis que les garçons la laissaient dans une profonde indifférence, un total repos de la chair et de l'esprit.

Mais n'éprouver aucune répugnance, et même parfois une sorte d'amusement, à faire ce qu'elle faisait au suçodrome, ça dépassait son entendement. En général, avec une certaine sagesse, elle chassait l'embarrassante question de son esprit et se contentait de se dire qu'elle avait au fond bien dans la chance que son « travail » ne lui soit pas plus pénible.

Mais, chaque fois qu'elle se résignait, par pressant besoin d'argent, à se prostituer de la manière « normale », elle devait vraiment prendre sur elle.

Ce soir, néanmoins, elle considérait qu'elle avait plutôt eu de la chance : le patron routier de Moulins ne s'était pas montré très exigeant avec elle. Il avait même été, somme toute, plutôt gentil et attentionné.

– Branle-moi un peu... lui avait-il d'abord demandé, tandis que, allongé en travers du grand lit, il exhibait, sous sa bedaine flasque et glabre, un sexe de dimensions moyennes et totalement endormi.

Branler, ça, Sandra savait faire...

Elle avait rapidement obtenu de lui une érection plus que correcte. Sans qu'il ait besoin de le lui demander, elle s'était penchée en avant pour le prendre dans sa bouche.

– Viens sur moi, petite cochonne ! l'avait aussitôt imploré son client d'une voix pressante.

Sandra avait bien compris ce qu'il entendait par là. Sans lâcher la verge qu'elle tenait entre ses lèvres minces, elle avait enjambé le corps de son partenaire, afin de placer sa croupe tristounette juste à l'aplomb de son visage congestionné. Aussitôt, Matthieu L. (bizarrement, il avait tenu à ce qu'elle connaisse son véritable nom) avait enserré ses hanches de ses deux gros bras et l'avait attirée à lui, avant de plonger ses lèvres dans le fouillis de ses poils blonds.

Sandra avait repris sa fellation, sans se soucier de cette langue qui, là-bas, explorait fiévreusement les replis intimes de sa corolle féminine.

Elle adorait ce type de caresse, qui la faisait jouir immanquablement… à condition d'être prodiguée par une fille. La même chose pratiquée par un mec – même le plus doué d'entre eux – la laissait totalement de glace. Un jour qu'elle s'en étonnait auprès d'une fille sensiblement plus âgée qu'elle, et avec qui elle venait de jouir merveilleusement au moins trois fois de suite, celle-ci lui avait fourni une explication lapidaire et définitive :

– Le cul, ma vieille, c'est tout dans la tronche !

Du reste, leur petit « 69 » n'avait pas duré bien longtemps. Au bout de moins d'une minute, Matthieu L. avait écarté le corps maigre de sa partenaire et s'était redressé, le sexe vibrant, luisant de salive et tendu à l'horizontale :

– Mets-toi à quatre pattes ! avait-il grogné sourdement. Vite ! j'ai envie de t'enfiler, ma salope !

Sandra avait docilement obéi, creusant les reins pour faire ressortir le sillon de sa croupe et le fruit nacré de son sexe, non sans avoir averti son partenaire :

– Tu laisses mon cul tranquille, hein ?

Elle avait une sainte horreur de la sodomie. Pour elle, un homme qui pénétrait une femme « par là », sans y avoir été expressément invité, aurait dû être passible du Tribunal pénal international de La Haye…

– T'inquiète, je ne turbine pas dans l'usine à chocolat ! lui avait élégamment répondu son client en l'empoignant par ses hanches sans forme.

De fait, Sandra avait senti son sexe dur et chaud se ruer dans le sien, sans qu'elle en ressentît ni plaisir ni douleur – ce qui était déjà ça. Maintenant, le plus pénible était fait, il n'y avait plus qu'à attendre que ça se passe…

Ça se passa très vite. Sandra eut même l'impression que Matthieu avait à peine eu le temps de la pénétrer à fond qu'il jouissait déjà en éructant, son gros ventre claquant contre sa croupe maigre et pâle.

Dès que son excitation retomba, il devint tout à fait charmant, lui accordant même, spontanément, une « rallonge » de vingt euros et se proposant de ressortir avec elle pour la ramener boulevard de Clichy avec sa voiture – proposition qu'elle déclina poliment : elle avait besoin de marcher, besoin que la brise nocturne la débarrasse de son odeur de mâle en rut ; raison qu'elle pouvait difficilement lui donner…

À présent, alors qu'il ne lui restait plus qu'une grosse centaine de mètres à parcourir pour atteindre le haut de la rue Blanche et tourner ensuite dans la rue de Douai, où elle habitait, Sandra commençait à regretter de n'avoir pas dit oui à la proposition de Matthieu L. Ses jambes se faisaient très lourdes, c'était tout juste si ses yeux ne se fermaient pas de sommeil tandis qu'elle marchait de plus en plus lentement, ses semelles raclant le trottoir graisseux.

Enfin, elle parvint à son immeuble, avec un grand soulagement. Une fois de plus, tout en composant le code d'accès, elle se dit qu'il n'avait déjà pas très fière allure vu de la rue, mais que c'était encore un palace si on se prenait à le comparer avec la cour et ses dépendances.

La cour intérieure était étroite et toute en longueur, il s'en dégageait une forte odeur de poubelles et d'urine de chats. De chaque côté se trouvait un ancien atelier d'artisan : chacun avait été hâtivement – très hâtivement… – « réhabilité » pour être transformé en appartement locatif. C'était dans l'un d'eux, celui de gauche, que vivait Sandra Muckiewicz depuis maintenant quatre ans et demi. Deux pièces en enfilade, dont l'une, minuscule, pouvait tout juste contenir un lit double, une mini-cuisine avec la douche à l'intérieur, deux fenêtres donnant toutes deux sur la cour perpétuellement sombre et malodorante, ce qui obligeait à vivre toute la journée, quelle que soit la saison, avec la lumière allumée. En plus, à cause de la porte et des fenêtres pourries, un vrai nid à courants d'air, dénué de chauffage central et, partant, impossible à chauffer correctement, sauf à se ruiner en électricité.

Mais, bon : Sandra n'avait pas les moyens de

s'offrir mieux et elle avait appris à s'en contenter.

Elle glissa sa clé dans la serrure et la tourna vers la droite. Mais rien ne se passa : la porte n'était pas verrouillée. Mécontente, le sourcil froncé, Sandra abaissa la poignée métallique et pénétra dans la pièce surencombrée, qui faisait office tout à la fois de salon, de dressing, de buanderie les jours de lessive, etc. De là, elle passa directement dans la minuscule chambre.

Elle sentit toute sa maussaderie et son mécontentement s'envoler, lorsque ses yeux se posèrent sur le corps intégralement nu et allongé de Najat, dont les longs cheveux noirs dissimulaient entièrement le visage.

Najat, son amie, son amante, sa belle endormie, Najat sa maîtresse depuis près d'un an.

Doucement, en retenant son souffle malgré elle, Sandra vint s'asseoir au bord du lit, et, d'un geste hésitant, presque craintif, enfonça lentement mais voluptueusement ses doigts dans l'opulente chevelure de jais.

Sans ouvrir les yeux, avec une sorte de ronronnement d'aise, Najat déplia son corps et se retourna sur le dos, dévoilant aux yeux toujours émerveillés de Sandra l'opulence de ses seins fermes, agrémentés de larges aréoles presque violettes et de mamelons en perpétuelle turgescence, ainsi que le buisson dense, noir et bouclé qui se perdait entre ses cuisses pleines, à la peau d'une délicate blancheur et au velouté de fruit.

Sandra sentit son cœur bondir dans sa poitrine, et des larmes vinrent perler à ses paupières.

Chaque jour qui passait, elle se sentait plus amoureuse de Najat que la veille – et elle tremblait de la perdre, un jour, si la vie en décidait ainsi…

Elle laissa sa main descendre le long du cou gracieux de la belle endormie, s'attarda un moment sur son épaule ronde avant de descendre vers la lourde poitrine, qui se soulevait et s'abaissait au rythme de la respiration calme.

Lorsque la paume tiède de Sandra effleura son mamelon dressé, Najat s'éveilla doucement. Elle soupira, ouvrit les yeux et, d'un geste nonchalant du bras droit, écarta la lourde chevelure noire qui masquait son visage.

Comme à chaque fois, le cœur de Sandra se serra, et son poing gauche se crispa malgré elle.

Dieu que Najat avait dû être belle, « avant » ! Voilà ce qu'elle ne pouvait s'empêcher de se dire, chaque fois qu'elle redécouvrait le visage de son amante.

Ce visage aux immenses et magnifiques yeux noirs en amande, aux cils interminables ; ce visage aux sourcils épais mais superbement dessiné ; ce visage aux pommettes hautes, à la carnation si délicate, au nez impeccablement aquilin ; ce visage mangé par une bouche rouge, un peu épaisse, d'une sensualité si vive et débordante qu'elle appelait presque autant la morsure que le baiser.

Ce visage massacré par deux salauds ; ce visage barré, haché par deux cicatrices boursouflées et d'un rouge violacé, dont l'une partait de la tempe gauche, séparait la joue en deux pour venir mourir à la commissure des lèvres qu'elle déformait en rictus lorsque Najat souriait ; l'autre, à droite, partait de la base de l'oreille, dont le lobe avait été sectionné, pour aboutir, après un parcours bizarrement sinueux frôlant la base de l'œil, à l'aile du nez, qu'elle entaillait légèrement.

La toute première fois que Najat avait consenti à baisser devant elle le voile qui lui couvrait tout le visage à l'exception des yeux – cela faisait alors plus de deux mois qu'elles se connaissaient et se voyaient, à l'extérieur, *Chez Lucienne*, presque chaque jour –, Sandra avait éprouvé un véritable choc, à découvrir ce splendide visage massacré, tel un jardin ou un parc saccagé par le passage d'une troupe ennemie.

Mais, très étrangement, c'est en se retrouvant face à cette abomination que Sandra était réellement tombée amoureuse de Najat, par une sorte de « choc en retour ». Il serait bien sûr très excessif de penser qu'elle s'était éprise de la jeune Algérienne – Algérienne d'origine : elle était née française et en

France, mais l'origine ici joue son rôle capital – *à cause* de son défigurement ; mais, parfois, avec une certaine frayeur, Sandra se demandait si elle aurait ressenti, la première fois, ce même bouleversement intérieur, si elle aurait été poussée au creux des reins par le même irrésistible élan de passion, découvrant une Najat intacte sous le voile. Elle voulait croire que oui, bien sûr ; mais, dans les arrière-cours de son esprit, la même petite voix déplaisante revenait régulièrement lui chuchoter la même petite question.

– Tu es rentrée ! murmura Najat, avec une telle gratitude, un tel bonheur dans la voix, que Sandra se sentit fondre encore plus. Quelle heure il est ?

– L'heure de dormir encore un peu, mon amour… répondit Sandra en bondissant au pied du lit pour se débarrasser rapidement de ses vêtements.

Elle s'allongea sur le lit ; aussitôt, Najat vint se blottir dans ses bras, écrasant ses seins lourds contre ceux, beaucoup moins attirants, de sa compagne.

Leurs lèvres se trouvèrent et les deux filles s'embrassèrent à pleine bouche durant un long moment, cependant que les mains de Sandra partaient en exploration le long du corps frémissant et voluptueux de Najat.

C'était pratiquement toujours elle qui prenait l'initiative de leurs ébats érotiques. Au fond, Sandra ne se faisait pas trop d'illusions : elle savait bien que

Najat n'était pas *réellement* lesbienne, contrairement à elle ; que la jeune Maghrébine était surtout portée vers elle par un profond mouvement de reconnaissance, de gratitude, simplement parce qu'elle avait su passer au-delà des apparences de son pauvre visage martyr pour lui offrir un amour sincère.

Mais Sandra savait bien qu'elle ne pouvait offrir à son amante qu'un substitut d'amour, une sorte de « passion palliative », et que Najat restait envers et contre tout nettement plus attirée par les hommes.

Malgré ce que deux d'entre eux lui avaient fait, trois ans plus tôt, alors qu'elle était âgée d'à peine 17 ans.

Sandra se redressa sur un coude et vint poser sa bouche sur le mamelon droit de sa partenaire, pour le saisir délicatement entre ses lèvres. Najat poussa un faible soupir de bien-être, mais, à la surprise de Sandra, repoussa doucement sa compagne.

– Pas tout de suite… pas maintenant… souffla-t-elle, d'une voix inhabituellement grave. J'ai besoin de parler… après… après cette nuit… Besoin de savoir ce qui va se passer… si on n'a pas eu tort…

Avec un sourire débordant de tendresse, Sandra prit Najat par les épaules et l'attira contre elle. L'Algérienne enfouit son visage au creux de son cou et y déposa un léger baiser, qui provoqua chez son amante un frisson de tout le corps.

– Il ne va rien se passer, mon amour, murmura Sandra, sans cesser de caresser les cheveux, le front et les épaules de Najat. À l'heure qu'il est, Ghedarian a déjà dû se débarrasser du corps depuis un bon moment : c'est dans son intérêt. Et, pour répondre à ta question, oui, on a eu raison ! Et on va continuer : il faut qu'ils paient ! ce serait trop horrible, trop révoltant, autrement ! Si tu ne t'en sens pas la force, je terminerai seule…

Sandra sentit le corps de Najat se raidir, et elle perçut comme un sanglot mal étouffé.

– Non, non, souffla la brune, c'est à moi de le faire ! je trouverai le courage, n'aie pas peur !

– Je n'ai pas peur, mon aimée, j'ai confiance en toi, je sais que tu iras au bout…

Sandra marqua un instant de silence, avant d'ajouter, d'une voix plus sombre :

– Au bout de ton cauchemar ignoble… Et après, enfin, tu pourras essayer d'oublier…

C'était la phrase de trop, Sandra s'en rendit compte tout de suite et se traita mentalement de « petite conne ». S'arrachant brusquement de ses bras, Najat venait de se redresser et dévisageait son amante d'un air de froide colère ; ses larges yeux noirs crépitaient d'éclairs.

– Oublier ? gronda-t-elle, en portant les deux mains à son visage. Tu crois vraiment que je pourrai un jour oublier *ça* ? Alors que je suis condamnée à me cacher, m'enfermer sous le voile jusqu'à la fin de mes jours ? Alors que je sais que jamais un homme ne voudra de moi ? Et il faudrait que j'oublie, sur un simple claquement de doigts ?

– Mais je suis là, moi ! protesta misérablement Sandra, qui se mordait la lèvre inférieure pour ne pas se mettre à pleurer, face au désespoir glacial, brut, compact de son amante. Je ne t'abandonnerai jamais, moi…

– C'est pas pareil ! lui asséna Najat, sans paraître se rendre compte de l'involontaire cruauté de sa remarque.

Puis, soudain, les épaules rondes de la jeune femme s'affaissèrent d'un coup, ses yeux s'éteignirent ; et, se laissant tomber sur le corps maigre de sa compagne, elle éclata en lourds sanglots bruyants.

– Mon pauvre amour… balbutia Sandra, en lui caressant le dos et en embrassant passionnément son visage meurtri. Je ferais n'importe quoi pour te rendre heureuse ! Je t'en supplie, laisse-moi au moins essayer…

Elle repoussa doucement Najat, qui se laissa rouler sur le dos. Ses sanglots s'apaisaient déjà. Sandra se mit à parcourir le haut de son corps de petits baisers vifs et passionnés, cependant que ses doigts dessinaient sur sa peau des arabesques fantasques et à peine effleurées.

Tout en parlant – sur un rythme haché à cause des

baisers dont elle continuait de parsemer le corps offert de sa compagne – Sandra caressait les courbes voluptueuses, les formes pleines qui s'offraient complaisamment à elle, passant d'un sein à l'autre, en soupesant délicatement la masse élastique, s'attardant sur le ventre légèrement bombé de Najat, effleurant ses cuisses, se risquant parfois en direction de sa croupe rebondie, avant de remonter le long de son dos.

Parfois, Sandra regrettait cette passivité presque totale que Najat observait dans leurs ébats, cette absence totale d'initiatives érotiques. Mais, en réalité, elle devait bien s'avouer que cet abandon même l'excitait au plus au point. Elle avait presque l'impression d'être un sculpteur devant sa création, de pouvoir modeler Najat à sa guise. Ou bien encore comme un musicien prenant en main son instrument afin d'en tirer des sons, des harmonies que personne d'autre que lui ne serait capable d'obtenir.

Bien sûr, la passivité de Najat n'était pas totale, heureusement. Au fil des mois, elle avait appris à caresser Sandra, à user de ses doigts pour l'amener à l'orgasme. Et, même, elle devenait plutôt habile de ses lèvres et de sa langue, pour obtenir le même résultat…

Mais, toujours, il fallait que ce fût Sandra qui lui prenne la main pour la placer entre ses propres cuisses ouvertes ; elle encore qui prenne l'initiative de chevaucher Najat, tête-bêche, et plonge sa bouche dans le fouillis de poils noirs qui parait son ventre, pour que son amante se décide à lui prodiguer une caresse identique.

Lorsque les lèvres de Sandra atteignirent l'orée du bosquet profond et dense de son ventre, Najat ouvrit plus largement ses cuisses pleines et ses reins se creusèrent. Cet aveu de désir, cette offrande faite, de la fleur odorante et moirée de son sexe, affolèrent les sens de la blonde. Qui, à chaque fois qu'elles faisaient l'amour, s'émerveillait qu'une fille aussi belle que Najat – dans ces moments de « rut », Sandra oubliait totalement les cicatrices de son visage – puisse être à elle, entièrement, totalement à elle.

Sandra joua un moment à effleurer de ses lèvres les pétales emperlés de la corolle frémissante et douce, s'amusant et s'excitant des petits soubresauts et des brefs soupirs qu'elle provoquait, ce faisant.

En même temps, elle avait glissé sa main sous son propre ventre afin d'atteindre le petit bouton dur et dardé de son clitoris, lui aussi inondé de désir et étonnamment saillant (« Une vraie petite bite ! », s'était un jour exclamée, ravie, l'une de ses maîtresses occasionnelles).

L'espace d'une seconde ou deux, elle eut envie de se redresser, d'ouvrir le tiroir de la table de nuit pour y saisir le godmichet de caoutchouc rose qui s'y trouvait et dont les deux filles faisaient régulièrement leurs délices.

Mais elle eut peur de rompre le charme, de casser la montée du désir qu'elle sentait chez Najat de plus en plus palpable, et elle préféra s'abstenir.

Tout en continuant d'effleurer les lèvres douces et parfumées qui s'ouvraient pour elle, Sandra glissa sa main libre sous les fesses amples de Najat et ses doigts s'insinuèrent dans le sillon profond et brûlant qui séparait ces deux magnifiques globes de chair douce.

Najat eut un petit sursaut lorsque l'index de son amante entra en contact avec le petit œillet brun et plissé de ses reins. Mais elle ne fit rien pour repousser sa main…

Avant de plonger enfin sa langue dans la délicieuse fournaise qui frémissait sous ses lèvres, Sandra repensa en un éclair à ce qui s'était passé, quelques heures auparavant. Et qui, d'une certaine manière, la liait à Najat de façon indissoluble, pour le restant de leurs deux existences.

La moitié du «travail» était désormais accomplie, il y avait dorénavant une ordure de moins sur la terre.

Il ne restait plus qu'à régler son compte à l'autre, et tout serait dit.

CHAPITRE IV

– Et voilà, nous y sommes ! claironna Boris Corentin, à l'adresse de Bertrand du Saguenay qui, pour céder galamment la « place du mort » à Géraldine Hébert, s'était installé à l'arrière de la Renault Mégane de service – toute neuve ! – qu'il pilotait depuis le 36 quai des Orfèvres.

Les deux inspecteurs de la Brigade mondaine et leur jeune stagiaire étaient en train de pénétrer dans la cour de l'institut médico-légal, situé au bord de la Seine, entre le pont d'Austerlitz et le pont Charles-de-Gaulle, le long de la ligne de métro Bobigny-Place d'Italie. Institut dont l'adresse officielle était : place Mazas, laquelle ne comportait en tout et pour tout qu'un minuscule square.

– Par le Christ en majesté ! ce n'est pas très gai… s'exclama sourdement du Saguenay.

Tout en descendant de voiture, Géraldine se dit qu'elle allait avoir un certain mal à s'habituer aux interjections « colorées » de leur stagiaire. En même temps, elle dut reconnaître qu'une telle désuétude, une indifférence aussi parfaite à l'air du temps, à la « modernité » ne manquaient pas d'un certain charme.

Néanmoins, elle évita de croiser le regard de Boris Corentin, afin de ne pas risquer d'éclater de rire au nez du jeune homme, ce qui aurait été fort discourtois…

Tous trois pénétrèrent dans le long bâtiment en petites briques rouges, remontèrent la galerie agrémentée de bustes en marbre un peu rébarbatifs, passèrent devant le bureau du directeur de l'Institut, puis devant la salle dite « des reconnaissances » : c'est là que l'on demandait aux familles, ou aux proches, de venir mettre un nom sur les cadavres à l'identité encore incertaine. Une épreuve qui laissait peu de gens indemnes…

Enfin, les deux policiers et leur « élève » obliquèrent à gauche et pénétrèrent dans la partie proprement médicale de l'institut, où l'odeur d'éther se mêlait à une autre, plus fade, plus insidieuse, mais aussi beaucoup plus difficile à supporter.

L'odeur de la mort elle-même.

Au moment où Boris Corentin allait frapper à une porte, une autre, juste à côté, s'ouvrit, pour laisser apparaître un petit homme rondouillard, au visage lunaire et réjoui, le cou sanglé dans un nœud papillon à gros pois et vêtu d'une blouse blanche sanglée sur son petit ventre rebondi.

Le docteur Flutiaux, médecin-légiste de son état, et, malgré ses airs d'éternel petit plaisantin, l'un des meilleurs de sa spécialité sur la place de Paris.

Découvrant les trois inspecteurs, il leva vers le plafond ripoliné de blanc ses bras courtauds et grassouillets, à l'image de sa personne, cependant qu'une stupéfaction jouée, surjouée même, se peignait sur son visage éternellement poupin :

– Diable ! Ce bon Aimé Brichot aurait-il suivi une cure de rajeunissement ? feignit-il de s'étonner, en regardant ostensiblement Bertrand du Saguenay. Ou alors, c'est un coup de chirurgie esthétique ? En tout cas, chapeau, capitaine Brichot : c'est très réussi, vraiment !

Géraldine Hébert se tourna vers Bertrand du Saguenay, qui affichait un air profondément hébété :

– Ne te frappe pas : il est toujours comme ça. Le mieux est de jouer les sourds…

– Notre bon docteur Flutiaux souffre d'une maladie assez répandue, et notamment chez les tripoteurs de cadavres, ajouta Boris Corentin, un brin sarcastique : il se croit drôle ! Irrésistiblement drôle…

– Il y a bien des policiers qui se croient efficaces ! riposta le légiste, hilare. Chacun son rêve fou, non ? Bon, vous me présentez ce jeune homme, ou bien ?

Et, quand la présentation en question fut faite, s'adressant de nouveau à du Saguenay :

– Eh bien, mon pauvre ami ! Faire son entrée dans la police pour tomber directement entre les griffes de cette fine équipe… Ils auraient voulu vous dégoûter définitivement qu'ils ne s'y seraient pas pris autrement, hein ! Et encore, vous échappez – pour le moment – à l'inénarrable Brichot ! Ah, celui-là, c'est quelqu'un, aussi, dans son genre !

– Par l'épine de la Sainte Couronne ! si je m'attendais à… bafouilla le jeune stagiaire, à la fois désorienté par le tour que prenait la conversation et impressionné par l'endroit où il se trouvait plongé.

Saisissant l'expression imagée au vol, le docteur Flutiaux enveloppa du Saguenay d'un regard intéressé et quelque peu ironique – mais gentiment.

– Intéressante recrue, on dirait… murmura-t-il, la moue approbatrice. Je vois qu'on ne lui refile pas n'importe qui, à Môssieur Corentin !

– Et si on parlait un peu boulot, toubib, pour changer ? soupira ce dernier. Car, contrairement à vous, on n'a pas toute la journée, *nous*…

– Comme c'est petit ! s'exclama Flutiaux, en essayant de prendre une mine offensée, mais sans du tout y parvenir. Mais comme c'est petit…

Puis, il redevint instantanément sérieux, car c'était avant tout le plus scrupuleux des professionnels, et les entraîna vers une porte à double battant.

À sa suite, Boris Corentin, Géraldine Hébert et Bertrand du Saguenay – ce dernier s'effaçant galamment pour laisser passer sa si jolie collègue… – pénétrèrent dans la longue salle carrelée, qui sentait le détergent, l'éther, le formol et beaucoup d'autres choses encore, moins identifiables par un nez non professionnel. Les deux murs latéraux étaient occupés par les tiroirs métalliques, dans lesquels étaient allongés les cadavres en attente d'examen.

Au centre de la pièce, que Flutiaux appelait parfois sa « salle à manger », se trouvaient trois tables métalliques, de la taille d'un lit d'une personne, approximativement.

Deux d'entre elles étaient inoccupées ; sur la troisième reposait le corps d'un homme aux cheveux roux mais à la barbe étrangement noire. En s'en approchant, les trois policiers purent voir qu'à la place où aurait dû se trouver son sexe ne subsistait plus qu'une vilaine blessure partiellement recouverte d'une grosse croûte noirâtre.

– Par les vertus de saint Denis ! balbutia le jeune stagiaire, devenu subitement tout pâle, et les yeux exorbités. Si je m'attendais à… à ce…

Il se tut brusquement, afin de pouvoir avaler sa salive et, les jambes flageolantes, s'appuya de la main sur l'une des tables métalliques vides.

– Vous n'avez pas commencé l'autopsie ? demanda Boris Corentin en se retournant vers le médecin légiste.

– Non, j'attendais de voir si par hasard vos collègues du XVIIIe allaient me fournir la pièce détachée… répondit flegmatiquement Flutiaux.

À ce moment, il y eut un grand barouf derrière eux, suivi par un petit cri de Géraldine.

Bertrand du Saguenay venait de tomber dans les pommes et, par voie de conséquence, de s'affaler de tout son long sur le sol carrelé, entraînant avec lui la table métallique sur laquelle il s'était appuyé en vain.

Tranquillement, alors que Géraldine se précipitait au chevet du stagiaire, le docteur Flutiaux se dirigea vers l'une des deux paillasses de la pièce et en revint avec un flacon qu'il tendit à Géraldine :

– Tenez, chère enfant, faites-lui respirer ça, à votre nourrisson délicat : ça devrait suffire à le remettre sur pieds !

– C'est quoi ? demanda Géraldine en recevant le petit flacon des mains du médecin légiste.

– C'est exactement ce qui lui convient ! répondit un peu sèchement Flutiaux qui, dès qu'on semblait toucher à sa compétence, n'aimait pas beaucoup les questions.

Effectivement, après un ou deux passages du flacon sous ses narines, le visage de du Saguenay se colora de nouveau et il ouvrit les yeux.

– Emmène-le prendre l'air… suggéra Boris à Géraldine, avec un petit clin d'œil.

– Bref, je fais nounou, quoi ! feignit de protester la jeune femme, qui avait en fait l'air ravie de jouer ce rôle qu'elle affectait de mépriser.

Ils disparurent tous les deux de la grande pièce, l'un soutenant plus ou moins l'autre.

– Pas solide, la jeunesse… commenta sobrement Flutiaux. Bon, qu'est-ce que vous voulez savoir, à propos de notre eunuque involontaire ?

– Tout ce qu'il y a à en savoir, voire un peu plus, et avant ce soir ! répondit Corentin du tac au tac.

– La première chose que je puis vous dire, c'est qu'il n'a pas été émasculé à l'endroit où il a été trouvé. Je suis allé sur place ce matin : pas assez de sang. Plus le fait qu'on n'ait pas pu mettre la main sur son sexe, si je puis dire…

– En tout cas, tâchez de faire fissa, toubib ! dit Boris Corentin, avant de prendre congé du légiste pour rejoindre les deux autres au grand air.

Dehors, grâce sans doute à la petite brise qui agitait mollement les arbres plantés devant les bâtiments de l'IML, Bertrand du Saguenay semblait avoir récupéré. Boris Corentin eut néanmoins l'impression qu'il tentait de prolonger sa faiblesse passagère afin de continuer à s'appuyer contre Géraldine Hébert – à qui il ne connaissait pas de telles « capacités maternantes ».

– Par le chrême de la Sainte Ampoule, je me suis ridiculisé ! dit précipitamment le jeune stagiaire, lorsque Corentin les eut rejoints. Je ne suis pas digne de…

– Eh ! oh ! ça va ! l'interrompit joyeusement Boris : on est tous passé par là, au début !

– Non, pas moi, Grand chef, répliqua Géraldine avec un peu de sadisme inconscient. Comme quoi, tourner de l'œil n'est pas forcément une exclusivité féminine…

– En attendant, si tout le monde est de nouveau d'aplomb, je propose que nous passions au ciat[1] du XVIIIe, histoire d'en savoir un peu plus sur notre client, décida Corentin. Je suppose qu'ils ont déjà dû faire les premières recherches sur notre client… qui est aussi le leur.

– Ils ont, fit aussitôt Géraldine : je viens de les appeler pour demander. On est attendu…

– Bravo, Petit bonhomme ! s'exclama Boris Corentin, en s'installant au volant.

– Par la crosse de saint Pierre, mais pourquoi le commandant vous appelle-t-il « Petit bonhomme » ? voulut savoir Bertrand du Saguenay, qui ne parvenait pas à tutoyer Géraldine.

– C'est pour essayer de gommer ma féminité, qui l'interpelle au niveau de son moi profond et de sa libido dévoyée, répondit celle-ci avec le plus grand sérieux.

1. Abréviation pour « commissariat », dans le jargon policier.

*

* *

Une heure et demie plus tard, la Mégane de service des policiers s'immobilisait devant un petit immeuble de trois étages, qui avait dû être blanc avant que ne s'abatte sur lui une armée de *tagueurs*. Il faisait partie d'un ensemble d'une douzaine d'autres, tous rigoureusement semblables à celui-ci, et formait avec eux la « Résidence des Bois », située sur le bord ouest de la commune du Raincy, en Seine-Saint-Denis – dans le « neuf-trois », pour parler *moderne*…

Inutile de préciser que, contrairement à ce que le nom de ce petit ensemble laissait présager, aucun bois n'était en vue, ni même le moindre bosquet.

Par rapport aux grandes cités de la banlieue, livrées à la violence des bandes et aux trafics de drogue quasiment à ciel ouvert, la Résidence des Bois faisait figure de havre de paix et d'harmonie. Il y avait bien quelques vols de mobylettes par-ci par-là, un ou deux *cramages* de voitures le 31 décembre, histoire de marquer le coup, mais rien de bien méchant. Les policiers pouvaient même encore pénétrer dans la résidence sans risquer de se faire caillasser ni de voir leur voiture totalement désossée dès qu'ils avaient le dos tourné. Bref, c'était quasiment « douceur et harmonie » à tous les étages.

Même le pharmacien, installé en lisière, n'était pas dévalisé plus d'une fois par an, c'est dire…

– Population immigrée ou issue de l'immigration… nota Géraldine Hébert en descendant de la voiture.

– À quoi voyez-vous cela ? s'enquit très poliment Bertrand du Saguenay, qui ne voyait nulle âme qui vive permettant de faire une semblable déduction.

– Aux antennes paraboliques installées à tous les balcons et qui servent à capter les chaînes arabes, répondit Géraldine, avec un brin de condescendance.

– Par le martyr de saint Sébastien, j'aurais dû y penser tout seul ! se désola du Saguenay en rougissant légèrement des pommettes.

– On ne peut pas penser à tout dès le premier jour, ajouta sentencieusement Boris Corentin, en actionnant la fermeture automatique des portières.

Ils avaient été très cordialement reçus au commissariat du XVIIIe arrondissement, ce qui, la jalousie entre services aidant, n'était pas toujours le cas, loin s'en fallait. Le fait que le patron de ce commissariat soit ami avec Charlie Badolini avait dû faciliter les choses.

Ils avaient recueilli tous les renseignements disponibles concernant Constantin Franchet – ce qui se montait à peu de choses encore –, et surtout son adresse au Raincy, où la police scientifique, leur avait-on dit, devait être en train de terminer ses relevés de terrain.

Le studio de Constantin Franchet se trouvait au rez-de-chaussée de l'immeuble devant lequel ils venaient de stationner. Les trois étages supérieurs, eux, étaient occupés par des logements plus grands. Un groupe de quatre enfants, tous d'origine maghrébine, dont les âges s'échelonnaient entre 7 et 10 ans, jouaient mollement sur la pelouse râpée s'étendant devant le hall d'entrée.

Ils ne leur prêtèrent aucune attention lorsque les trois policiers pénétrèrent dans l'immeuble.

Boris Corentin constata qu'ils arrivaient juste à temps : deux policiers en civil étaient occupés à fixer devant la porte la bande fluo jaune interdisant l'accès au studio de la victime. Ils ne firent évidemment aucune difficulté pour laisser entrer les inspecteurs de la Brigade mondaine.

– On finit d'installer les trucs et on se casse, commandant, fit juste observer le plus âgé des deux. En sortant, vous aurez juste à claquer la porte et à remettre le système de fixation en place… Ici, vous voyez…

En pénétrant dans le studio assez sombre, en raison du gros tilleul qui, dehors, en obscurcissait les deux fenêtres, les yeux de Bertrand du Saguenay s'arrondirent de stupeur :

– Par le suaire de Véronique ! Mais c'est un

véritable antre islamiste, ici !

Effectivement, les murs étaient recouverts de grandes photos représentant des gens aussi aimables que Oussama Ben Laden, Hassan Nasrallah, Mammoud Ahmadinejad et autres dignes représentants du terrorisme international et de l'islamisme le plus radical.

Il y avait aussi des textes appelant à la guerre sainte, d'autre prônant l'anéantissement d'Israël. Et une grande affiche violemment colorée, au-dessus du lit à une place, à la gloire des attentats du 11 septembre.

– Je croyais que ce Franchet était français… crut bon d'ajouter naïvement du Saguenay, en contemplant tout ce fatras agressif et rétrograde.

– Musulman n'est pas une nationalité, c'est une religion, lui fit doctement remarquer Géraldine, avec un petit sourire en coin qui le fit rougir de plus belle.

– Par la trahison d'Iscariote ! J'aurais encore mieux fait de me taire, il me semble…

– Mais non, mais non… le rassura Géraldine Hébert, sans y mettre la moindre conviction. Bon, Grand chef : on est censé chercher quoi, ici ?

– Je ne sais pas… répondit Corentin, déjà occupé à fouiller un peu partout. Je te le dirai quand on l'aura trouvé…

– Ah c'est malin, tiens !

Mais ils ne trouvèrent rien de plus probant que ce qui s'affichait complaisamment sur les murs. La seule découverte inattendue qu'ils firent fut une revue pornographique, tendance SM léger, planquée sous une pile de tracts appelant au boycott des entreprises et magasins juifs.

– Tiens, du SM ! nota Géraldine en jetant un coup d'œil à la revue que tenait Corentin. Tu crois que ça pourrait avoir un rapport avec la façon dont il est mort ?

– Je ne sais pas, Petit Bonhomme, je ne sais pas… C'est une piste possible, en tout cas…

Bertrand du Saguenay s'était approché d'eux et il posa les yeux sur la revue ouverte en son milieu.

– Par les murailles de Sodome ! Mais comment peut-on prendre plaisir à de telles horreurs ?

– Tu as déjà essayé ? lui demanda Géraldine du tac au tac, en plongeant ses yeux émeraude dans les siens.

Du coup, le jeune stagiaire devint écarlate et se tut.

– Bon, je crois qu'on ne trouvera rien de plus ici, fit soudain Boris Corentin, en rejetant négligemment la revue sur le petit bureau encombré de papiers divers.

– Dans ce cas, on fait quoi ? s'enquit Géraldine.

– Enquête de voisinage, évidemment ! répondit avec une petite grimace Boris Corentin, que cette perspective n'enchantait pas plus que sa jeune collègue. Il faut essayer d'en savoir un peu plus sur ce malheureux garçon. On ne l'a tout de même pas émasculé par hasard ! Il faudrait tâcher de reconstituer son emploi du temps d'hier…

– Comment on fait ? On se sépare et on se retrouve à la voiture d'ici une demi-heure ?

– Ça me paraît bien, Petit bonhomme, répondit Boris après une seconde de réflexion. Oui, faisons ça… Et puis, ça fera un très bon entraînement pour notre jeune ami…

– OK, grand chef ! opina Géraldine. Si tu veux, je m'occupe des mômes qui jouent devant l'immeuble : je sais y faire avec les morveux…

– Je te les laisse volontiers ! sourit Corentin, avant de s'éloigner en direction des étages supérieurs. Je vais faire un peu de porte-à-porte, pour ma part. Bertrand, tu devrais t'occuper des quelques commerçants du quartier : ce sont des gens qui, en principe, ne demandent qu'à bavarder.

– Et qui ne caillassent pas la police ! ajouta Géraldine, qui prenait un vrai plaisir à taquiner son « élève ».

– Par la lapidation de la femme adultère, il ne manquerait plus que je me…

– C'est bon, on a compris ! l'interrompit Géraldine en rigolant. Allez, tout le monde au taf !

Géraldine Hébert se dirigea tranquillement vers

le groupe de gamins qui, sans grande conviction apparente, s'étaient mis à jouer avec un ballon. Des apprentis Zidane, qui devaient rêver de stade de France et de Coupe du monde…

Ils avaient planté deux petits bouts de bois dans l'herbe rase et lépreuse, afin de figurer une cage de gardien et ils se tiraient des buts les uns aux autres.

Le hasard servit la jeune femme : au moment où elle s'approchait d'eux par-derrière, le gosse qui jouait le rôle du gardien renvoya le ballon vers un autre, qui manqua sa réception. Et le ballon arriva droit dans les pieds de Géraldine. Comprenant sa chance, elle partit en petite foulée, poussant le ballon devant elle, comme elle avait déjà vu les vrais footballeurs le faire à la télé – mais avec nettement moins d'habileté et d'élégance…

Parvenue à hauteur des gamins, qui la regardaient d'un air mi-goguenard, mi-méfiant, elle donna un grand coup de pied dans le ballon. Lequel par un hasard bienvenu fila droit entre les poteaux du gardien improvisé qui, malgré un superbe plongeon, ne put rien faire pour l'arrêter.

– Ouah ! trop forte la keuf ! s'exclama celui qui semblait le plus déluré du groupe, mais non le plus âgé. Comment qu'elle lui a niqué sa race, à Mammoud !

– Eh ! qu'est-ce que tu crois, toi ? répliqua Géraldine du tac au tac, avec un sourire engageant. Que les filles sont pas capables de taper dans un ballon ?

– Je sais pas, répondit le gamin sans se démonter, j'en ai jamais vu une seule le faire. Comment tu t'appelles, au fait ? Moi, c'est Aziz…

– Mon prénom c'est Géraldine, répondit-elle. Et si tu t'avises de m'appeler « Didine », je te balance une torgnole !

Les gosses se marrèrent, y compris Aziz.

– Dis-moi, reprit Géraldine Hébert, comment t'as su que j'étais de la police ?

– Oh l'autre, eh ! on n'est pas des bouffons ! ça se voit à trois kilomètres, que toi et tes copains vous êtes des keufs ! Et puis, depuis ce matin, ça n'arrête pas de défiler chez Tintin…

Géraldine Hébert sentit qu'elle arrivait au cœur du sujet qui l'intéressait. Et les mômes y étaient venus d'eux-mêmes, ce qui était encore bien mieux.

– C'est de Constantin Franchet que vous parlez ? demanda-t-elle. Vous l'appelez Tintin ?

De nouveau, les gosses se marrèrent, encore plus franchement que la première fois.

– J'ai dit un truc drôle ?

– Ben oui ! répondit Aziz. On imagine ce qu'on prendrait si on l'appelait Tintin devant lui !

– Pourquoi ? Il n'est pas commode, « Tintin » ? Vous n'avez pas l'air de l'aimer beaucoup…

– Il se la pète trop grave avec la religion, expliqua un autre gamin, qui semblait être le plus âgé – dix ou onze ans, sans doute – et qui, depuis le début, louchait « grave » sur la poitrine généreuse de Géraldine. Avec lui, si on l'écoutait, on aurait le droit de rien faire. Et toutes les filles et les femmes seraient déguisées en Belphégor !

Géraldine Hébert comprit que cette expression imagée désignait les femmes portant le voile intégral ou *niqab*, pratique de plus en plus répandue.

– Vous n'aimez pas que les femmes soient voilées ? s'enquit-elle innocemment.

– Les mères, ça va. Mais les filles, non : on préfère mater leur cul et leurs nichons… répondit Aziz avec beaucoup de naturel. Et en plus, on n'a pas de leçon de religion à recevoir d'un Français, c'est tout !

– Donc, personne ne l'aime, Constantin ?

– À part Farid, personne ! affirma Aziz.

– Farid ? releva Géraldine Hébert. C'est un de votre petite bande, ça, Farid ?

Les gamins eurent tous un petit rire condescendant. Comme pour signifier qu'il fallait vraiment être « naze » pour ne pas savoir qui était Farid…

– Mais non, eh ! répondit Aziz. Farid, c'est un grand frère, un type super, vachement bon pour les affaires.

Géraldine préféra, pour le moment, ne pas trop savoir en quel genre d'« affaires » Farid était si doué…

– Et, donc, Farid, il est copain avec Constantin ?

– C'est des vrais frères, ma parole ! assura Aziz. Quand ils sont à la résidence, on peut les voir qu'ensemble, ils sont comme les doigts de la main du Prophète !

– Ah, parce que Farid vit ici, lui aussi ?

– Ben oui. Enfin, bon : c'est plutôt sa mère qui vit ici, au bâtiment E, là-bas… Lui, Farid, il passe de temps en temps pour la voir, lui donner de l'argent, des trucs comme ça.

– Il s'appelle Farid comment ? demanda Géraldine, en regardant Aziz.

Mais ce fut l'autre, le « grand » qui répondit :

– Oujdah. Il s'appelle Farid Oujdah, mademoiselle Géraldine. Si vous voulez, je peux vous conduire, ajouta-t-il en posant sa main sur son bras, de telle façon que ses doigts, comme par mégarde, effleurèrent le sein droit de Géraldine… qui fit mine de ne pas s'en apercevoir.

– Mais, oui, je veux bien ! acquiesça-t-elle avec chaleur, c'est très gentil à toi… euh…

– J'm'appelle Ahmed, j'ai 13 ans ! annonça fièrement le gamin, au mépris de toute vraisemblance quant à son âge. Venez, on y va…

Et, avec une autorité de vrai petit mâle, il prit la main de Géraldine pour l'entraîner vers les trois bâtiments situés de l'autre côté de la pelouse.

Alors qu'ils étaient déjà à une dizaine de mètres

du petit groupe, Géraldine Hébert entendit disctinctement l'un des gamins chuchoter à son voisin :

– Tu crois qu'il va la niquer ?

Trois minutes plus tard, Géraldine Hébert se retrouvait dans une cage d'escalier sentant l'huile d'olive chaude et le poivron, face à la porte que lui avait indiquée Ahmed : celle derrière laquelle vivait Mme Oujdah, la mère de Farid. « Son mari est mort y a longtemps, mais elle est tout le temps triste », lui avait précisé Ahmed. Ahmed dont Géraldine avait eu quelque peine à se débarrasser, tellement il devenait « collant », au propre comme au figuré…

De l'autre côté de la porte, Géraldine percevait les échos assourdis de voix, de rires et de musique : sans doute la radio ou, plus probablement, la télévision.

Elle enfonça le bouton de la sonnette. Comme aucun son ne se fit entendre, elle frappa trois coups rapides au chambranle de bois verni.

À l'intérieur, la télé (ou la radio) fut brusquement éteinte. Puis, un pas traînant se fit entendre, s'approchant avec lenteur, suivi par le claquement sec d'un verrou que l'on débloque : un tour, puis un deuxième.

La porte s'entrouvrit, juste assez pour que Géraldine Hébert découvre le visage ridé d'une femme qui ne devait pas avoir plus de cinquante ans mais en paraissait bien douze ou quinze de plus. Pour autant qu'on pouvait voir, elle était vêtue d'une sorte de robe de chambre fatiguée, où se mêlaient le rose et le violet. Elle paraissait très grosse.

Les yeux très noirs, cernés de bistre, étaient fixes et étrécis par une méfiance teintée de peur.

– Madame Oujdah ? dit doucement Géraldine, sans montrer sa plaque de policier pour ne pas accroître la frayeur de son interlocutrice.

– Qu'est-ce que vous voulez ? grommela une voix grave, affligée d'un accent qui rendait les mots prononcés à peine compréhensibles. Je n'ai besoin de rien, je ne veux rien acheter ! Je n'ai pas d'argent, laissez-moi !

– Madame Oujdah, je ne vends rien du tout, reprit patiemment Géraldine. Je souhaiterais juste parler un peu avec vous de votre fils et je…

La porte s'ouvrit brusquement en grand, et Géraldine Hébert se sentit saisie par le bras et tirée à l'intérieur de l'appartement avec une force difficile à soupçonner chez une femme semblant aussi usée.

– Quoi mon fils ? Qu'est-ce que vous lui voulez, à mon fils ? qu'est-ce qu'il a fait ? Laissez-le tranquille, il n'a rien fait ! Farid est le meilleur des garçons !

Tout cela débité à toute vitesse, dans un état d'agitation à peine croyable.

Géraldine prit fermement la grosse femme par les

épaules pour la forcer à se tenir tranquille :

– Madame, madame, calmez-vous, je vous en prie ! Farid n'a rien fait du tout ! Je voudrais juste lui poser quelques questions à propos de son ami, Constantin Franchet…

Cette fois, ce fut une lueur de vraie panique qui passa brièvement dans le regard sombre de Lalia Oujdah. Elle recula vers le salon en désordre, comme pour fuir une réalité qu'elle ne voulait pas voir.

– Constantin n'est pas l'ami de mon fils ! gronda-t-elle, comme une tigresse s'apprêtant à livrer combat pour ses petits. Farid est un bon garçon, il ne cherche pas d'histoire !

Ce qui, nota mentalement Géraldine, pouvait vouloir dire que Constantin, lui, en cherchait, des histoires – au moins dans l'esprit de Lalia Oujdah…

– Mais, pourtant, on m'a affirmé qu'ils se connaissaient ? insista-t-elle doucement.

– Ils se connaissent… ils se connaissent… Oui, bien sûr qu'ils se connaissent ! mais tout le monde se connaît, dans la résidence, ça ne veut rien dire !

– Bien sûr que ça ne veut rien dire, tenta de l'apaiser Géraldine. Je suis certain que votre fils n'a rigoureusement rien à se reprocher. Mais, justement, pour en être sûre et le laisser tranquille, il faudrait que je le voie. Et j'aimerais bien que vous me disiez où je pourrais le rencontrer…

Lalia Oujdah détourna le regard et baissa la tête, avant de répondre très vite :

– Je ne sais pas où il est. Il vient de moins en moins ici, vous savez. Je ne sais même pas où il habite, à Paris ! Il se moque bien de sa pauvre mère, comme tous les garçons !

Elle ne s'apercevait pas que ce qu'elle disait était en complète contradiction avec son affirmation précédente, selon laquelle Farid était « un bon garçon »…

De plus, Géraldine Hébert avait la nette impression que la vieille dame ne lui disait pas la vérité. Qu'elle essayait d'éloigner le danger, en quelque sorte. Elle fut un moment tentée de sortir sa plaque de policier pour brusquer un peu les choses, mais, craignant que cela ne bloque complètement Lalia Oujdah, elle préféra finalement s'en abstenir.

– Vous devez tout de même bien avoir son numéro de téléphone, Madame Oujdah ? demanda-t-elle avec un sourire qui se voulait engageant.

– Ah, non, justement, je ne l'ai pas ! répondit-elle très vite, en roulant des yeux rapidement à droite et à gauche, comme pour chercher un impossible soutien.

– C'est bizarre, ça…

– Non, non, ce n'est pas bizarre ! Farid s'est fait voler son portable, la semaine dernière. Il en a racheté un mais il ne m'a pas encore donné le nouveau numéro…

– Tant pis, donnez-moi l'ancien, on verra bien… dit Géraldine, d'une voix douce mais ferme.

De nouveau, une brève lueur de panique dans les yeux de Lalia Oujdah, puis :

– Ah mais… non, c'est impossible : je l'ai jeté ! Oui, bien sûr, je l'ai jeté, puisque le portable était volé !

Persuadée que la mère de Farid la menait en bateau, Géraldine Hébert comprit néanmoins qu'elle n'en tirerait pas davantage. Au moins pour l'instant. Elle prit congé, au soulagement visible, presque palpable, de son interlocutrice, qui la poussa quasiment dehors, tant elle semblait avoir hâte de se débarrasser d'elle.

Lorsqu'elle déboucha à l'air libre, elle vit Bertrand du Saguenay qui attendait patiemment, appuyé contre la voiture, et Boris Corentin qui traversait la pelouse étique en diagonale, dans sa direction.

– Quel *timing* ! fit-elle en rejoignant les deux hommes. Vous avez glané des trucs intéressants, les garçons ?

L'un comme l'autre, la mine un peu contrite, durent s'avouer à peu près bredouilles.

– Eh bien, moi, j'ai eu une bonne touche, je crois ! s'exclama la jeune femme, avant de leur raconter brièvement ce qu'elle venait d'apprendre.

– Bon, il va falloir continuer à creuser la vie et le passé immédiat de la victime, résuma Boris Corentin. Et, parallèlement, à tout hasard, mettre la main sur ce Farid Oujdah. Allez, en route !

*
* *

À l'abri derrière ses rideaux, Lalia Oujdah attendit que la voiture des policiers ait disparu hors de l'enceinte de la résidence. Puis, elle se précipita vers son téléphone et composa fébrilement un numéro de mémoire.

– Allô ? Farid ? C'est moi, c'est ta mère ! Il se passe des choses qui me font peur, Farid…

CHAPITRE V

Cela faisait déjà deux fois que Farid Oujdah parcourait le boulevard de Clichy dans les deux sens, place Blanche – place de Clichy et retour, sans même en avoir pleinement conscience. Sans voir les gens qui le croisaient, habitants du quartier, touristes en goguette ou esseulés en quête de sexe facile et, si possible, bon marché.

Il se sentait inquiet, mal à l'aise, tendu.

Deux heures plus tôt, il y avait eu ce coup de fil de sa mère, elle qui ne prenait quasiment jamais l'initiative de l'appeler, parce qu'elle savait qu'il avait horreur « qu'on le sonne », suivant sa propre expression.

Elle lui avait appris la mort de Constantin Franchet et aussi la visite de cette fille de la police.

– Tu es sûre qu'elle était de la police ? lui avait demandé Farid, sur un ton de doute.

– Aussi sûre que tu es mon fils ! Elle ne me l'a pas dit, mais on ne peut pas me tromper, moi ! D'ailleurs, elle ne m'a rien dit du tout…

– Maman, si elle ne t'a rien dit, comment sais-tu que Mohammed a été tué ? (Il n'appelait jamais son ami Constantin : prénom que celui-ci détestait...)

Sa mère avait soupiré, à l'autre bout de la ligne, comme si la réponse allait de soi :

– Tu sais comment c'est, mon fils : les nouvelles qui vont et qui viennent, qui circulent...

– Bref, le téléphone arabe, quoi ! avait ironisé Farid. Mais pourquoi on l'aurait tué, Mohammed ?

– Là, mon fils, tu m'en demandes trop... En tout cas, s'il a fait des bêtises, j'espère que tu n'y es pas mêlé !

– Mais non, Maman, mais non, sois tranquille. Je passerai te voir demain ou après-demain, d'accord ?

– Je t'attends, mon fils...

Depuis ce coup de téléphone, Farid Oujdah sentait comme une menace planer sur lui. Une menace d'autant plus inquiétante qu'elle était vague, diffuse, sans objet.

Alors qu'il n'était plus qu'à environ deux cents mètres de la place Blanche – le boulevard était encombré par des dizaines de cars de touristes, dont beaucoup d'étrangers –, Farid s'arrêta brusquement de marcher, manquant se faire rentrer dedans par le couple enlacé qui le suivait.

Il y avait quelque chose qui ne collait pas, dans cette histoire. Sa mère, entre autres choses, lui avait dit que Mohammed avait été retrouvé mort dans un chantier de la rue Doudeauville. Qu'est-ce qu'il pouvait bien faire là ? Dans cette rue où, à la connaissance de Farid en tout cas, il n'avait rien à faire, n'y ayant aucun ami ?

Et puis, surtout, il y avait eu ce coup de fil, peu avant. Par lequel Mohammed lui avait signalé, à lui, Farid, qu'il se trouvait devant l'entrée du suçodrome et qu'il allait le rejoindre au *Canon de Clichy*, dès qu'il se serait « soulagé » dans l'une des cabines de l'établissement.

Sur le coup, Farid ne s'était pas trop inquiété de ne pas voir son ami le rejoindre à la brasserie : ce n'était pas la première fois qu'il lui posait un lapin de ce genre. Et Mohammed avait toujours eu un mal fou à être à l'heure à un rendez-vous.

Mais, là, à la lumière de ce qu'il venait d'apprendre, Farid trouvait que ce faux bond prenait des dimensions inquiétantes. Il fallait tirer tout ça au clair, sous peine de se payer quelques insomnies carabinées.

Il fit brusquement demi-tour et se dirigea d'un pas résolu vers le *Sex-à-Piles*, le grand sex-shop dont dépendait le suçodrome, situé de l'autre côté du boulevard.

*

* *

Sur le large écran plat du téléviseur, la fille blonde, à quatre pattes sur le lit, trop maquillée, le sexe méticuleusement rasé, haletait mécaniquement.

Debout derrière elle, un Noir au membre impressionnant, les deux mains agrippées à ses hanches un peu grasses, pilonnait vigoureusement son anus dilaté. Les grimaces que faisait la fille étaient telles qu'on pouvait se demander si elle haletait de plaisir, comme elle tentait de le faire croire au spectateur, ou de douleur à cause du formidable manche de pioche qui lui ramonait les entrailles.

Cela dit, Bedros Ghedarian se fichait royalement de la réponse. De toute façon, il savait très bien que tous les films X étaient post-sychronisés et que les gémissements qu'il entendait n'avaient pas été poussés par la fille qui se faisait défoncer sur l'écran, mais par une autre, plus tard, confortablement installée dans un studio d'enregistrement.

Il regardait le film machinalement, sans en ressentir la moindre excitation. Il y avait trop longtemps qu'il « bossait dans le cul », comme il disait lui-même sans honte, pour que ces films, tous pareils, aient encore le moindre effet sur lui. Il ne regardait plus que les « nouveautés », par simple conscience professionnelle, comme un libraire s'astreint à feuilleter le dernier Prix Goncourt pour pouvoir en parler avec la clientèle.

Un petit voyant rouge se mit à clignoter sur le tableau de bord de son gros téléphone noir : celle qui correspondait au comptoir d'accueil du magasin où, présentement, officiait son jeune et lointain cousin, Avedis Bougourian.

Il décrocha et aboya un « allô ? » plutôt rogue : Bedros Ghedarian n'aimait pas être dérangé.

– J'ai faim ! dit simplement le jeune homme, à l'autre bout de la ligne intérieure.

Un pli de contrariété fit se rejoindre les deux sourcils broussailleux de l'Arménien :

– Tu ne pourrais pas dire « bonjour », ou « excuse-moi », ou simplement te présenter ?

– Pour quoi faire puisque vous savez que c'est moi ? répondit Avedis Bougourian sans s'émouvoir.

Ghedarian renonça à discuter :

– Bon, j'arrive… Mais tu attends que je sois là avant de te barrer, hein !

– Ben, évidemment !

Bedros Ghedarian éteignit la télé, quitta son bureau et rejoignit la grande salle violemment éclairée du sex-shop qu'il dirigeait. Il y avait quatre clients en tout et pour tout. Et encore : il y avait gros à parier que trois d'entre eux allaient ressortir sans avoir rien acheté : les temps étaient difficiles et la crise dure pour tout le monde…

Dès qu'il aperçut son patron, Averis Bougourian contourna le comptoir tout en enfilant son blouson de toile légère.

– Je crois que je vais me payer une entrecôte-purée chez Lucienne ! annonça-t-il avec l'air de celui qui révèle enfin un secret bien et depuis longtemps gardé.

Bedros Ghedarian leva les yeux au plafond mais préféra ne rien répondre : son cousin dînait *tous les soirs* d'une entrecôte-purée chez Lucienne…

À peine l'Arménien était-il installé derrière le comptoir, sur le siège haut, en forme de selle de tracteur à l'ancienne, que le lourd rideau de la porte s'écarta pour laisser entrer un nouveau client. Aussitôt, Bedros Ghedarian sentit une sorte d'étau lui comprimer la poitrine.

Ce jeune type qui venait d'entrer, il le connaissait. Il était venu trois ou quatre fois ici, mais surtout, c'était un habitué du suçodrome, en bas.

Jusque-là, rien d'inquiétant. Le problème est que c'était aussi un ami d'un autre habitué du suçodrome.

Celui-là même qui s'était fait trancher le sexe, la veille, dans l'une des cabines, et dont Ghedarian avait ensuite transporté le corps jusqu'au chantier de la rue Doudeauville.

Que ce type (Farid ! le prénom venait de lui revenir à l'instant…) se pointe au *Sex-à-Piles* justement ce soir ne lui disait rien qui vaille, à Ghedarian.

Comme pour confirmer ses craintes, Farid

Oujdah marcha droit vers son comptoir, sans se préoccuper de tout ce qui s'offrait d'érotique, voire de carrément obscène, aux regards, partout dans la grande boutique.

– Bonsoir, Monsieur Ghedarian ! attaqua fermement Farid, en le regardant droit dans les yeux.

– On se connaît ? grommela l'Arménien en retour, en s'efforçant de soutenir son regard.

– Oui et non… Je suis comme qui dirait un habitué de votre établissement, répondit Farid sur un ton où perçait une certaine ironie voilée. Enfin, pas trop de votre établissement « de surface », évidemment…

Bedros Ghedarian sentit venir la tentative de chantage et ses paumes devinrent moites.

– Je ne comprends rien à ce que vous dites, mon petit vieux… récita-t-il mécaniquement.

– Mais si, mais si ! Enfin, bref : chacun fait ses affaires comme il peut, hein ? Ce n'est pas mon problème… Non, je voudrais juste savoir si vous aviez vu mon ami Mohammed, hier soir. Qui s'appelle également Constantin, d'ailleurs…

– Connais pas !

– Il est pourtant facile à repérer, dit Farid d'une voix doucereuse : les roux avec une barbe toute noire, ça ne court pas le boulevard…

– Pas vu… grogna Ghedarian, sans même s'apercevoir qu'il s'était mis à transpirer d'abondance.

– Même sur vos petites caméras de surveillance ? insista Farid. Vous m'étonnez…

– Bon, écoutez, vous commencez à m'emmerder, là ! explosa soudain Bedros Ghedarian, surpris lui-même par cet accès de colère, sans doute motivé par la peur. Je me fous de votre ami, qu'il soit venu ou non, d'accord ? Et maintenant, dégagez d'ici ! J'ai du boulot et vous dérangez la clientèle ! Et si vous ne sortez pas tout seul, c'est moi qui vous fous dehors !

Pour appuyer ses menaces, l'Arménien avait brusquement ouvert un tiroir à sa droite et brandissait à présent une petite bombe lacrymogène.

Farid se dit que ça ne servait à rien d'insister pour le moment. De toute façon, il avait désormais la certitude que Mohammed était bien entré au suçodrome et que Ghedarian l'avait vu : tout dans son attitude le lui confirmait.

De plus, il n'avait aucune envie de se prendre une giclée de gaz dans les yeux…

– OK, OK, je sors, dit-il tranquillement, en faisant deux pas en arrière. Mais je repasserai, Monsieur Ghedarian, je repasserai un de ces soirs…

Bedros Ghedarian, soulagé de le voir battre en retraite, se donna les gants de lui lancer :

– Quand vous voudrez : on est ouvert sept jours sur sept !

Le petit sourire ironique que Farid Oujdah avait

accroché à son visage disparut comme par enchantement dès qu'il eut franchi le rideau cramoisi et retrouvé le boulevard, de plus en plus encombré de promeneurs.

Il y avait quelque chose qui ne collait pas : pourquoi Bedros Ghedarian prétendait-il n'avoir pas vu Mohammed ? Qu'est-ce qu'il avait à cacher ? Bien sûr, il était possible que l'Arménien n'ait pas consulté ses écrans de contrôle durant le temps que Mohammed était présent. Possible aussi que quelque chose ou quelqu'un ait fait changer Mohammed d'avis au dernier moment, et qu'il *ne soit pas* entré au suçodrome.

Mais, vu les réactions de Ghedarian, Farid était presque certain de ne pas se tromper d'hypothèse : son ami devait bel et bien être entré au suçodrome, mais Bedros Ghedarian ne voulait pas que cela se sache. Pourquoi ? C'est bien ce qu'il allait falloir tenter d'éclaircir…

S'extrayant à grand-peine du maquis de questions qui entravait son esprit, Farid s'aperçut que, machinalement, il avait tourné le coin de la petite rue perpendiculaire au boulevard, et qu'il se trouvait juste devant la porte permettant d'accéder au suçodrome, justement.

« J'ai été guidé par ma queue ! », se dit-il – et cette pensée le fit sourire, malgré ses préoccupations.

Il frappa le code convenu afin qu'on lui débloque la porte : il avait bien besoin d'une petite détente…

Lorsqu'il pénétra dans la salle d'attente, il fut surpris d'y découvrir, passant entre les fauteuils une serpillière fixée à un balai brosse, une femme de ménage entièrement voilée, qui détourna vivement le regard à son entrée.

– *Salam aleikoum*, ma sœur, dit-il machinalement, avant de s'asseoir.

La femme invisible eut un léger tressaillement de tout le corps. Puis, sans répondre au salut traditionnel, elle cessa brusquement son travail et se dépêcha de filer.

*

* *

Farid cessa aussitôt de penser à elle, pour reporter son attention sur les deux cartouches situés au-dessus des portes des cabines : l'un était au rouge (cabine occupée) et l'autre éteint (fille indisponible).

Farid Oujdah soupira : il avait horreur d'attendre en général, et ici en particulier. Il était même sur le point de se lever pour partir, lorsque le cartouche éteint passa au vert.

En trois enjambées il fut dans la cabine. Il ne prit pas la peine de se déshabiller, se contentant d'ouvrir son jean et de rabattre son slip sous ses volumineux testicules.

Puis, après avoir glissé son billet de vingt euros dans le monnayeur, qui l'avala avec un ronronnement feutré, il saisit les deux poignées situées légèrement plus haut sur sa tête et, avançant le ventre, fit pénétrer son sexe encore au repos dans le *glory hole* du milieu, parfaitement à sa hauteur.

Aussitôt, il sentit une main douce et moelleuse empaumer son membre endormi afin de le caresser avec douceur pour lui faire prendre la consistance requise. Consistance qu'il prit presque instantanément : Farid Oujdah aimait à se vanter de toujours bander très facilement…

Lorsque son érection fut maximale, les doigts invisibles s'enroulèrent autour de sa hampe et entreprirent de le branler, d'abord lentement, puis avec plus d'insistance.

Le plaisir fondit sur lui avec une soudaineté qui le prit au dépourvu, et même le frustra quelque peu. Il sentit un feu soudain embraser le bas de son ventre, avant de venir se concentrer dans sa verge, que la fille inconnue, de l'autre côté, caressait de plus en plus vigoureusement.

Au moment où la liqueur fécondante jaillissait de lui, il plaqua encore plus étroitement son ventre contre la cloison, les mains crispées aux poignées et la tête rejetée vers l'arrière, avec un long râle de soulagement.

Encore fauché par cet orgasme brutal, il sentit à peine le contact de la lingette humide et parfumée parcourant délicatement son gland tumescent.

Il fallut quelques secondes à Farid avant de retrouver une respiration à peu près normale. Lorsque ce fut le cas, plus personne ne s'occupait de son sexe, toujours engagé dans l'orifice circulaire.

Il se dégagea et entreprit de se rajuster, vaguement déçu et mécontent de lui-même. Comme il l'était presque à chaque fois qu'il succombait à la tentation du suçodrome. En général, il s'arrangeait pour passer à la mosquée de la rue des Abbesses dans les jours, voire les heures qui suivaient…

*

*   *

À la palpitation soudaine de la verge dure et tendue entre ses doigts, Sandra Muckiewicz sut que son client n'allait pas tarder à jouir. Tant mieux, car la douleur à son coude droit était en train de revenir en force.

Elle n'était pas la seule, parmi les filles travaillant au suçodrome, à souffrir de douleur dans le bras dont elles se servaient pour masturber les clients. Entre elles, pour en rire, elles appelaient cela leur « pénis elbow »…

Mais elles avaient beau s'en moquer, c'était tout de même très handicapant, dans le genre « maladie professionnelle » ! Parfois, elles devaient même se mettre au chômage forcé quelques jours, le temps que ça passe…

De la main gauche, Sandra extirpa deux mouchoirs en papier de la boîte en carton se trouvant sur sa petite table de travail et les plaça devant le gland rubicond. Juste à temps : la semence laiteuse jaillit avec une impétuosité et une force telles que, sans cette protection, son client aurait facilement aspergé la moitié de sa petite cabine.

Puis, elle nettoya rapidement la verge avec l'une des petites lingettes prévues pour cela, et se dépêcha de quitter l'étroite pièce, après avoir éteint la lumière verte du cartouche correspondant à sa cabine de travail : elle avait encore quelque chose à accomplir.

Quelque chose de très important.

Sandra remonta rapidement le petit couloir réservé aux filles (et à Bedros Ghedarian…), qui permettait d'accéder directement à la salle d'attente. Elle fut soulagée de constater que celle-ci était vide de clients : cela allait lui faciliter la tâche.

Elle recula d'un pas, de façon à se retrouver dans le couloir, laissant la porte à peine entrebâillée.

À peine trente secondes plus tard, elle vit la porte de l'une des deux cabines s'ouvrir et son client en sortir.

Un client dont elle savait à peu près tout depuis que son amante, Najat, lui avait longuement parlé de lui. Un client dont elle allait maintenant devoir s'occuper « pour de vrai » ainsi qu'elle s'y était solennellement engagée.

Lorsque Farid fut au milieu de la salle d'attente, Sandra poussa la porte derrière laquelle elle était dissimulée et fit irruption dans la pièce. Elle parvint même à avoir un petit haut-le-corps, comme si elle était surprise de se retrouver nez-à-nez avec lui.

– Oh, pardon ! dit-elle avec un petit sourire d'excuse : je pensais que vous étiez déjà sorti…

Farid la regarda d'un air un peu embarrassé :

– C'est vous qui… qui m'avez…

– Qui vous a fait jouir ? Ben oui, c'est moi ! dit-elle avec un petit sourire. C'était bien ?

– Oui, oui, très bien, grommela Farid, de plus en plus gêné, en se dirigeant vers la porte de sortie.

Sandra Muckiewicz comprit qu'elle allait le perdre et qu'il lui fallait tenter le tout pour le tout.

Maintenant.

– Monsieur ! appela-t-elle.

Farid s'immobilisa et se retourna vers elle :

– Oui ?

Sandra s'approcha tout près de lui, et, prenant une mine de conspirateur et lui souffla à l'oreille :

– Je sais des choses sur votre ami… le rouquin qui est venu hier soir…

Farid Oujdah tressaillit violemment et la saisit par les épaules, plongeant ses yeux dans les siens :

– Quoi ? Qu'est-ce que tu sais ? Parle !

Sandra faillit lui dire qu'elle ne l'avait pas autorisé à la tutoyer, mais ce n'était vraiment pas le moment de faire la bégueule. Elle se composa un petit air effrayé :

– Je… je ne peux pas parler ici… trop dangereux… Je me ferais virer si « on » savait…

– Mais où, alors ? la pressa Farid, en la secouant avec une certaine rudesse.

– Vous connaissez le chantier qui se trouve rue de Budapest, juste après les voies de chemins de fer ?

– Euh… oui, je vois à peu près, mais…

– Retrouvez-moi là-bas demain soir, à onze heures. Dans le grand atelier abandonné qui est tout au fond du chantier. Et, surtout, n'en parlez à personne ! Attendez-moi là où il y aura de la lumière…

– Demain ? Mais pourquoi demain ? protesta Farid, sans bien comprendre ce qui se passait, et surtout pourquoi cet étrange rendez-vous.

– Parce que ! se contenta de répondre Sandra.

Puis, elle se dégagea de son étreinte et s'enfuit littéralement de la pièce, sans même que Farid ne songe à la suivre, trop interloqué pour avoir les idées nettes et les décisions rapides.

Débouchant sur le boulevard, Sandra ralentit

enfin sa marche et vérifia que Farid ne la suivait pas. Constatant que ce n'était pas le cas, en effet, elle eut un petit sourire froid.

Le compte à rebours était enclenché.

CHAPITRE VI

– Par la décollation de Jean-Baptiste, on n'arrivera jamais à rien… soupira Bertrand du Saguenay, alors que la porte de l'appartement venait de se refermer sans bruit derrière Géraldine Hébert et lui.

– Leçon N° 1 : ne jamais se décourager ! dit la jeune femme d'une voix volontairement sentencieuse, tout en s'engageant dans l'escalier de l'immeuble.

Cela étant, elle-même commençait à en avoir un peu assez de parcourir un à un tous les escaliers des immeubles de la résidence du Bois. Cela faisait plus de trois heures maintenant que le jeune stagiaire et elle faisaient du porte-à-porte dans la petite cité où avait vécu Constantin Franchet, avant d'être sauvagement émasculé.

Entre les appartements vides de leurs occupants, ceux où ils se faisaient plus ou moins poliment éconduire et ceux dont les locataires ne connaissaient pas la victime (soi-disant), les résultats obtenus étaient pour l'instant proches de zéro. Très proches, même, au point de se confondre avec lui.

Les seuls témoignages qu'ils avaient pu recueillir concordaient, certes (« C'était pas un garçon commode », « il ne se liait pas facilement », « c'était un bon musulman », etc.), mais ils étaient parfaitement anodins, sans intérêt et, donc, à peu près inexploitables.

Personne ne lui connaissait d'ennemi, il ne vivait que pour sa foi, son existence était très rangée, limite austère. Il vivait très chichement, des intérêts rapportés par un héritage familial, croyait-on savoir. Bref, un citoyen parfait.

C'était pourtant ce même citoyen parfait qui était mort après s'être fait trancher le sexe d'un coup de rasoir (d'après le rapport du docteur Flutiaux arrivé à la Brigade mondaine la veille au soir) et dont le cadavre avait été balancé sur un chantier, telle une vulgaire carcasse d'animal nuisible.

– Regarde ! elle est encore là… souffla Géraldine, lorsque Saguenay et elle débouchèrent de l'immeuble. Elle commence à m'intriguer sérieusement…

– Peut-être qu'elle est sensible à mon charme ! tenta de plaisanter le jeune homme.

– Ou au mien ! répliqua Géraldine du tac au tac et avec le plus grand sérieux.

Sa réponse coupa net la chique à Bertrand du Saguenay. Il faut dire que personne, depuis deux jours, n'avait encore pris la peine de le mettre au courant de la *féminophilie* exclusive de Géraldine Hébert.

Environ une heure plus tôt, juste avant de s'engouffrer dans leur troisième immeuble, Géraldine avait repéré cette très jeune femme brune, vêtue sommairement d'un jean et d'un tee-shirt trop amples, aux cheveux frisés coupés courts, qui, à une trentaine de mètres d'eux, paraissait les observer. Se voyant découverte, elle s'était empressée de filer.

Mais, lorsqu'ils étaient ressortis de l'immeuble en question pour se diriger vers le suivant, ils l'avaient de nouveau croisée. Et, lorsque leurs deux regards s'étaient accrochés, Géraldine avait eu la nette impression que la petite brune, très jolie, de type arabe, allait l'aborder. Qu'elle en avait très envie. Mais elle avait baissé la tête et s'était éloignée rapidement.

Les deux policiers l'avaient de nouveau aperçue un peu plus tard. Mais, cette fois encore, après avoir marché quelques mètres dans leur direction, la brune avait fait demi-tour et avait disparu dans le hall de l'immeuble le plus proche.

Et voilà que, de nouveau, elle se trouvait sur leur chemin ! Toujours semblant attendre quelque chose. Mais quoi, Géraldine Hébert avait l'intuition (cette fameuse intuition du policier, si chère à Boris Corentin !) qu'elle devait absolument entrer en contact avec cette fille. Mais aussi la certitude que si elle en prenait l'initiative, l'autre se déroberait, peut-être définitivement.

Géraldine en était à se demander comment elle devait s'y prendre, lorsque la brune aux cheveux courts, après avoir regardé dans leur direction avec insistance, tourna les talons et se dirigea ostensiblement vers la sortie de la résidence, le long de la petite rue tranquille qui rejoignait le centre du Raincy, après avoir franchi l'immense boulevard qui, changeant de nom plusieurs fois, coupait trois ou quatre communes en deux avant de rejoindre directement le périphérique parisien.

La fille se retourna une fois vers eux, puis une autre, puis une troisième. Elle marchait lentement, semblant même se forcer à ne pas accélérer le pas.

Comme si elle espérait qu'on allait la rejoindre.

En un clin d'œil la décision de Géraldine Hébert fut prise. Elle se tourna vers Bertrand du Saguenay :

– Bon, je crois que tu vas te taper tout seul les appartements du dernier immeuble qui reste, ce sera excellent pour ta formation, d'accord ?

Une lueur de panique passa brièvement dans les yeux papillotants du jeune homme, mais il parvint à se reprendre presque aussitôt :

– Ah ? Vous croyez ? Et vous, qu'est-ce que vous allez faire, pendant ce temps-là ?

Géraldine désigna de l'index la fille brune qui venait une nouvelle fois de se retourner, sans cesser de marcher :

– Moi, je vais essayer d'avoir une petite conversation avec cette jeune demoiselle, là-bas…

– Et je vous rejoins où ? Comment ?

Géraldine Hébert réfléchit une paire de secondes avant de répondre :

– Tu as remarqué, quand on est arrivé, le bar-tabac qui se trouve juste après le coin de cette rue-ci ?

– Euh… non… enfin, oui, peut-être, mais…

– Eh bien, on se retrouve là, l'interrompit Géraldine, en s'éloignant vers leur voiture de service.

– Mais… dans combien de temps ?

– J'en sais rien !

Elle grimpa dans la Mégane et mit le contact, sans plus s'occuper de Bertrand du Saguenay. Elle démarra lentement, pour se donner le temps de voir ce que la fille allait faire. Elle se trouvait maintenant à environ deux cents mètres en avant de la voiture de Géraldine. Il y avait deux autres voitures entre elles, par lesquelles la brune se laissa dépasser sans réagir. Mais non sans en observer le conducteur.

Géraldine Hébert n'était plus qu'à une trentaine de mètres d'elle ; elle ralentit encore, la fille tourna la tête vers l'arrière. Géraldine vit qu'elle l'avait identifiée.

Aussitôt, la fille s'arrêta de marcher, se planta face à la Mégane et brandit son pouce, comme pour faire du stop. Sans se poser de question, Géraldine s'immobilisa à sa hauteur et fit descendre la vitre côté passager.

– Vous allez où ? demanda-t-elle, en se penchant pour lui sourire d'un air engageant.

– Paris, répondit la fille, qui avait déjà la main sur la poignée de la portière.

– OK ! montez…

Géraldine redémarra dès qu'elle fut assise. En se disant que Bertrand du Saguenay risquait de l'attendre un bon bout de temps. « Bof ! se dit-elle, il aura tout de même bien l'idée, à un moment ou à un autre, de reprendre le RER ! »

– Je m'appelle Géraldine… dit-elle au bout d'une minute ou deux, histoire de rompre la glace.

C'est sans détourner les yeux de la route que la fille répondit très vite :

– Moi, c'est Samara.

– Et tu vas faire quoi, à Paris, Samara ? demanda Géraldine, qui voulait « amorcer » en douceur, pour ne pas risquer de braquer sa passagère. Au fait, ça ne te dérange pas si on se tutoie ?

Cette fois, Samara se tourna carrément vers elle :

– On peut se tutoyer si vous voulez, mais on s'en fout, de ce que je vais faire à Paris ! Ce que je voulais, c'est vous parler. Vous êtes flic, non ?

Géraldine Hébert ne marqua aucune surprise visible. Si Samara voulait jouer franc-jeu, ça l'arrangeait, ce serait du temps de gagné. Elle tourna brièvement la tête vers elle, se dit *in petto* que la jeune Arabe était vraiment très jolie et lui sourit gentiment :

– Oui, je suis flic… sauf qu'on dit plutôt policier, quand on s'adresse à eux ! Tu voulais me parler de quoi ?

Samara, le visage toujours tendu, buté, esquiva au moyen d'une autre question :

– Vous êtes venue à la résidence à cause de ce qui est arrivé à cet enculé de sa race de Constantin, c'est bien ça ?

Finalement, le malheureux Franchet ne semblait pas avoir que des amis… En tout cas, tout le monde semblait parfaitement au courant de sa mort.

Après une seconde d'hésitation, Géraldine décida de jouer franc-jeu avec sa passagère, elle aussi :

– Je vois qu'on ne peut rien te cacher. C'est de lui que tu voulais me parler ?

– En partie, oui… répondit Samara qui sembla se détendre un peu. Ça vous dérange si je fume ?

– Non, vas-y, mais descends un peu ta vitre, alors… Pourquoi veux-tu me parler de lui « en partie » ?

– Parce que, au fond, j'en ai rien à foutre de cette ordure ! répondit Samara avec force, tout en rejetant un gros nuage de fumée en direction de la vitre entrouverte. Moi, ce qui m'intéresse, c'est de savoir où est passée Najat !

Géraldine Hébert se sentit un peu décontenancée et faillit rater la voie qui menait vers Paris.

– Najat, tu dis ? C'est qui, ça, Najat ? Et quel rapport avec Constantin Franchet ?

– Najat, c'est mon amie. Ma seule amie. Ma… Enfin, je devrais plutôt dire « c'était », parce que ça fait trois ans qu'elle a disparu…

Géraldine Hébert avisa une sorte de mini-aire de repos, à une centaine de mètres, qui avait l'air déserte. Elle freina brusquement – assez brusquement pour se faire klaxonner par la voiture qui la suivait – et s'y engagea.

– Bon, si on reprenait tout depuis le commencement ? suggéra-t-elle, après avoir coupé le moteur de la Mégane, et en se tournant vers Samara.

– Oui, je suppose que ce serait le mieux, soupira celle-ci. J'ai l'impression que je peux vous faire confiance…

– Tu peux ! assura Géraldine, en essayant d'y mettre un maximum de conviction.

Pour appuyer ses paroles, elle posa sa main sur celle de Samara – petite main potelée, presque celle d'une enfant –, et eut la surprise de la sentir frissonner à ce contact. Levant la tête, elle crut s'apercevoir que le regard de la jeune Arabe était soudain devenu plus intense. Plus trouble, aussi. Elle rangea cette impression dans un coin de sa tête…

– Vas-y, je t'écoute… l'encouragea-t-elle.

– Najat et moi, on était comme deux sœurs, commença Samara, d'une voix un peu sourde, comme nouée. Quand on s'est connu, j'avais 17 ans et elle 15, c'était il y a cinq ans. C'est dur à dire… Ç'a été comme un coup de foudre, quoi. On ne pouvait plus se séparer, on se racontait tout, souvent on dormait ensemble, chez elle ou chez moi, on…

Elle se tut brusquement, ses joues se colorèrent et Géraldine crut bien voir une minuscule larme affleurer à sa paupière. Obéissant à une impulsion, elle demanda, d'une voix très douce :

– Vous faisiez l'amour ensemble ?

Dès qu'elle eut lâché ses paroles, elle les regretta, craignant de braquer Samara. Mais celle-ci se contenta de secouer la tête avec un petit sourire triste :

– Non, non. Najat ne s'intéressait qu'aux garçons, de ce point de vue-là…

– Mais toi, pas… murmura Géraldine, en posant de nouveau sa main sur la sienne. Tu étais amoureuse d'elle ?

– Je crois… oui… soupira-t-elle, d'une voix qui ressemblait à un sanglot.

Puis, soudain, redressant la tête avec un air de défi :

– Ça vous choque ?

Géraldine eut un sourire tendre et indulgent, qui

fit apparaître sa petite fossette à la joue droite :

– Je vis une très belle histoire depuis trois ans, avec une fille qui s'appelle Liselotte… se contenta-t-elle de dire.

Elle eut l'impression que Samara se détendait d'un coup, comme si elle venait de lui ôter le poids qui l'empêchait de respirer normalement. Pour la première fois, la jeune Arabe lui sourit vraiment – sourire merveilleux, éclatant, qui fit frissonner Géraldine de la tête aux pieds. Au point qu'elle fut contrainte de détourner son regard d'elle.

– Donc, tu étais amoureuse de Najat qui, elle, te considérait comme sa meilleure amie mais pas plus, reprit-elle après un moment de silence. J'ai connu ça, je te rassure… Ce n'est jamais agréable à vivre…

– J'espérais qu'avec le temps elle changerait, répondit Samara sur le même ton mélancolique. Qu'elle se rendrait compte que personne ne serait jamais capable de l'aimer comme moi. J'étais un peu con, faut dire.

– Non, juste naïve. Amoureuse, donc naïve… Et après, qu'est-ce qui s'est passé ? Parce qu'il s'est passé quelque chose, si j'ai bien compris ?

– Le cauchemar ! fit sombrement Samara. Un soir, c'était une semaine après l'anniversaire de ses 17 ans, je m'en souviens très bien – on avait fait une vraie fête –, Najat est arrivée en larmes chez moi.

Pour m'expliquer que votre putain de Constantin venait de la demander en mariage à son frère. Et que ce connard de Farid avait dit oui sans même la consulter ! Comme si on vivait encore au fin fond du bled !

– Farid ? Tu as dit Farid ? la coupa Géraldine Hébert, tout excitée par ce prénom. Au fait, elle s'appelle comment, ton amie Najat ? De son nom de famille, je veux dire…

– Oujdah, pourquoi ?

– Non, pour rien, continue…

– Ce soir-là, Najat m'a dit que jamais elle n'accepterait de se marier avec ce type. Qu'il la répugnait. Qu'elle préférerait se flinguer plutôt !

– Qu'est-ce qu'elle a fait ?

– Elle a dit à son connard de frère que c'était hors de question, qu'elle était libre d'épouser qui elle voulait, ou même de n'épouser personne. Et, pour bien montrer qu'elle était libre, elle s'est mise à sortir avec Damien, un Français qui n'était même pas de la résidence, au vu et au su de tout le monde ! Je lui ai dit plusieurs fois de faire gaffe, mais elle était tellement remontée qu'elle se foutait des conséquences.

Samara se tut brusquement. Son regard était lointain, comme brumeux, perdu dans des ailleurs inconnus de tous sauf sans doute d'elle-même.

– Et, des conséquences, je suppose qu'il y en a

eu… murmura Géraldine, pour la relancer.

– Le hasard a voulu que je parte quatre jours à Lyon avec mes parents, reprit-elle avec effort. Quand je suis revenue, Najat avait disparu. Je ne l'ai jamais revue.

– Comment ça : disparue ? fit Géraldine Hébert avec un léger haut-le-corps.

– Comme je le dis. Je suis allée chez elle pour la voir. Cet abruti de Farid m'a dit qu'elle était partie passer un mois dans leur famille, au sud d'Oran. Pour réfléchir, soi-disant. Au bout de six semaines, quand je me suis inquiétée d'elle, sa mère m'a dit qu'elle prolongeait son séjour en Algérie, parce qu'elle s'y trouvait bien, qu'elle n'avait pas envie de rentrer, etc. Des *bullshits*, quoi ! J'ai quand même demandé son adresse pour pouvoir lui écrire : on m'a répondu que Najat préférait ne plus avoir de lien avec sa vie d'avant, sa vie de Française. Ça non plus je ne l'ai pas cru une seconde, mais qu'est-ce que je pouvais faire ?

– Tu aurais pu, par exemple, aller raconter tout ça à la police… dit doucement Géraldine Hébert, avec une nuance de reproche dans la voix.

– J'y ai pensé, opina Samara, mais je t'avoue que j'ai eu la trouille. Farid et Constantin, c'est pas des plaisantins. Surtout Constantin : il a des amis auxquels j'aimerais pas trop me frotter, tu vois…

Elle ne s'était même pas rendu compte qu'elle

venait de passer au tutoiement…

Il y eut un moment de silence entre les deux jeunes femmes, finalement rompu par Géraldine :

– À ton avis, il lui est arrivé quoi, à ton amie Najat ?

Samara agrippa soudain le bras de Géraldine et elle le serra avec force, tout en plongeant ses magnifiques yeux noirs dans les siens :

– C'est ce que je te demande de découvrir ! J'en crève de ne pas savoir ! Même si elle morte, même si ces deux salauds l'ont tuée, je veux le savoir. Je n'en peux plus de guetter tous les coins de rues en me disant que je vais la voir arriver ! Tu crois que tu peux faire quelque chose, dis ?

– Je crois, oui… répondit Géraldine, vraiment émue par la détresse de la jeune femme. En tout cas, je vais tout mettre en œuvre pour te la retrouver, ta Najat…

À ce moment, Samara éclata en sanglots et se jeta contre le corps de Géraldine, qui sentit les seins lourds de la jeune Arabe s'écraser contre sa propre poitrine. Elle referma ses bras autour d'elle et l'embrassa doucement dans ses cheveux bouclés.

Samara leva vers elle son visage baigné de larmes, et leurs lèvres se joignirent en un long baiser silencieux et grave…

*
* *

– Ah ! Petit bonhomme ! s'exclama Boris Corentin, à l'entrée de Géraldine dans le bureau des Affaires recommandées. Je me demandais si j'allais vous revoir un jour !

Il fronça les sourcils :

– Mais… notre jeune ami n'est pas avec toi ?

Ce fut seulement à ce moment que Géraldine réalisa qu'elle avait complètement oublié Bertrand du Saguenay au bar-tabac, et elle éclata de rire.

– Je suppose qu'il va tout de même avoir l'idée de rentrer par ses propres moyens, conclut Corentin, lorsqu'elle lui eut expliqué l'affaire. Bon, sinon, vous avez réussi à glaner des trucs intéressants ?

– Je crois que oui, Grand chef, répondit Géraldine en posant cavalièrement une fesse sur le coin du bureau de son supérieur hiérarchique. Mais pas forcément ceux que l'on s'attendait à trouver, je dois dire.

– Ce sont souvent les meilleurs, affirma Boris. L'inattendu est souvent ce qu'il y a de plus fécond.

– Pas mal ! apprécia Géraldine avec un petit sourire gentiment ironique. À ta retraite, tu devrais te mettre marchand ambulant de maximes et d'aphorismes !

– C'est ça, fous-toi de moi ! Bon, allez, je

t'écoute…

Géraldine Hébert expliqua rapidement à Boris Corentin leurs visites infructueuses, avant d'en arriver à sa rencontre avec Samara Chahib – elle avait fini par lui dire son nom et par lui laisser son numéro de portable.

– En effet, il est possible que tu aies mis le doigt sur un truc intéressant, fit Boris Corentin quand elle eut terminé son récit. Mais de là à penser que la disparition de cette Najat et la mort de Constantin Franchet sont liées, il y a un très grand pas, que je ne me sens pas encore prêt à franchir, tu vois…

– Mais moi non plus ! s'exclama Géraldine, rouge d'excitation. N'empêche que ça éclaire les deux zigotos d'un jour nettement plus glauque, non ?

– Je dois dire…

– Bon, et toi ? Tu as flemmardé tout l'après-midi ?

– Pas précisément, non, répondit négligemment Boris Corentin. J'ai creusé les dossiers de Constantin Franchet et de Farid Oujdah. Pour le premier, il apparaît qu'il avait nettement moins de contacts avec les milieux islamistes que ce que sa piaule aurait pu laisser supposer. Il a bien fait un voyage en Afghanistan il y a quatre ans, mais il y est resté une semaine en tout et pour tout : un peu juste pour devenir un parfait petit combattant du djihad. Quant à Farid Oujdah…

Corentin s'interrompit et regarda sa jeune coéquipière avec un petit sourire en coin :

– Eh bien, j'ai découvert qu'il avait une sœur nommée Najat et que…

– Quoi ! l'interrompit Géraldine en sautant sur ses pieds. Tu m'as laissée débobiner toute mon histoire alors que tu étais déjà au courant de tout ? Quel sadique tu fais, quand même ! Je vais te dénoncer à l'inspection du travail, tiens !

– Non seulement, je sais tout, mais je sais aussi le reste, fit tranquillement Boris. Car figure-toi que Najat Oujdah a eu besoin, il y a six mois, de se faire faire une nouvelle carte d'identité. Et que, pour ça…

– Elle a dû donner son adresse à la Préfecture ! l'interrompit joyeusement Géraldine en battant des mains comme une gamine. Eh ben, dis donc, c'est Samara qui va être heureuse de la retrouver !

– On doit m'envoyer son dossier de renouvellement en « doc joint » incessamment, précisa Boris Corentin. Dès qu'on en disposera, on pourra…

À ce moment précis, la porte des Affaires recommandées s'ouvrit avec un certain fracas, pour laisser entrer un Bertrand du Saguenay déguisé en statue vivante de la réprobation. Il ouvrit la bouche pour parler, mais Géraldine Hébert le prit sauvagement de court :

– Par tous les lions bouffeurs de saints martyrs,

mais où étais-tu passé ? s'exclama-t-elle d'une voix tonnante.

Saguenay en resta coi, son élan coupé net. Il se laissa tomber sur le premier fauteuil qu'il rencontra et soupira longuement, comme une chambre à air qui se dégonfle.

– Vous auriez au moins pu m'appeler sur mon portable… finit-il par dire, sur un ton de timide reproche.

– Bon, dis-nous plutôt si tu rapportes quelque chose, le recadra Boris Corentin.

Comme par enchantement, Bertrand du Saguenay n'eut plus du tout l'air abattu. Ses pommettes se colorèrent et il se redressa vivement dans son fauteuil :

– Par le miracle de la résurrection, j'ai eu une chance inouïe ! J'ai fait comme vous m'aviez dit (en se tournant vers Géraldine), la tournée des appartements du dernier immeuble : chou blanc. J'ai même failli me prendre un coup de poing par une grosse Africaine en boubou. Les gens sont parfois d'une agressivité qui me…

– Bref ! lâcha Boris Corentin, que leur stagiaire commençait à amuser beaucoup.

– Oui, pardon, bref… Donc, je redescends bredouille. J'étais en train de me diriger vers la sortie de la résidence quand je tombe sur un homme d'une soixantaine d'années – un Français, bizarrement – qui promenait son chien. Un berger des landes, m'a-t-il semblé, une très belle bête, à la fois puissante et aux attaches très fines, l'encolure vraiment…

– BON ! cria Géraldine, qui devait se retenir pour ne pas éclater de rire.

– Oui, pardon, bref… Donc, on commence à parler et je réalise soudain – ce que c'est que la chance, hein, tout de même ? – que ce quidam se trouve habiter juste en dessous de l'appartement des Oujdah. Et vous ne savez pas ce qu'il m'apprend, à propos de Farid, tout à trac ?

– Qu'il a une sœur ! s'exclament en même temps Boris et Géraldine.

– Ah ? vous le saviez ?

– Ça ne fait rien, c'est très bien d'avoir découvert la chose de ton côté : c'est une précieuse confirmation, dit gentiment Boris Corentin.

– D'autant que ce n'est pas tout, reprit du Saguenay en baissant involontairement la voix, comme s'ils étaient épiés par une paire d'oreilles invisibles. Monsieur Delafosse – oui, il s'appelle Patrick Delafosse – m'a affirmé que la dernière fois où il a vu cette Najat, le soir même, il y a eu une violente dispute entre son frère et elle, juste au-dessus de son salon. D'après lui, la jeune femme a hurlé comme si elle était torturée – ce sont ses propres mots. Il a failli monter, puis finalement il a renoncé.

– Pourquoi ça ? demanda Corentin, qui n'avait plus du tout envie de rire.

Du Saguenay eut l'air un peu gêné et hésita une seconde avant de répondre :

– Il m'a dit – je le cite textuellement – que les histoires de bougnoules ou de nègres, il s'en battait les joyeuses.

– Je vois le genre ! fit Géraldine Hébert, avec un petit rictus de dégoût.

– Donc, si je comprends bien ce que tu nous dis, reprit Corentin, à partir de cette dispute et de ce hurlement poussé par Najat, plus personne, dans la résidence, ne l'a revue.

– C'est ce qu'affirme Patrick Delafosse, en tout cas. Vous croyez qu'elle est…

Le « ding ! » sonore de la boîte mail de Boris Corentin lui fit suspendre sa phrase.

– C'est le dossier de renouvellement de carte d'identité de Najat Oujdah ! fit Boris Corentin, tout excité, lorsqu'il eut ouvert le message qui venait d'entrer.

Les deux autres vinrent se placer derrière son fauteuil pour suivre l'affaire en temps réel.

Boris Corentin « double-cliqua » sur le document joint. C'était en effet un dossier de renouvellement de CNI, Carte nationale d'identité. Il comportait les renseignements habituels y compris l'adresse actuelle de la jeune femme, censée avoir disparu depuis maintenant trois ans.

– Mon Dieu ! s'écria alors Géraldine en mettant la main devant sa bouche.

– Par le visage de la Madone ! murmura en même temps Bertrand du Saguenay.

Boris Corentin ne fit quant à lui aucun commentaire, mais il serra les poings malgré lui.

Le dossier de Najat Oujdah comportait comme il se doit une photo d'identité d'elle. On y découvrait une jeune femme de vingt ans, brune et très jolie. Ou, du moins qui aurait dû être très jolie et séduisante.

Si elle n'avait pas été atrocement défigurée par deux longues cicatrices striant son visage, boursouflées et violacées.

CHAPITRE VII

Najat Oujdah tournait en rond dans l'appartement. Ce qui, vu l'extrême exiguïté des deux pièces qu'elle partageait avec Sandra Muckiewicz, la ramenait très rapidement à son point de départ, soit au pied du lit.

Sandra était partie une demi-heure plus tôt, pour le suçodrome, alors que Najat était encore sous la douche, la petite douche amovible installée tant bien que mal dans le coin cuisine, entre l'évier antique et la minuscule fenêtre, au carreau en verre dépoli.

Ensuite, Najat s'était parfumée, avait enfilé ses sous-vêtements les plus « sexy », en dentelle rouge vif, ainsi qu'il lui avait été demandé avec insistance.

Car Najat attendait un homme.

Par-dessus son minuscule slip, qui laissait une bonne moitié de ses merveilleuses fesses à l'air, et son soutien-gorge qui ne cachait guère plus de chair, elle avait passé son niqab noir, dont elle avait soigneusement rabattu les pans sur sa tête et devant son visage, ne laissant plus apparaître que ses yeux aux éventuels regards étrangers.

Et, depuis que c'était fait, depuis qu'elle était prête, elle tournait en rond, butant contre les meubles et les encoignures de portes, tel un oiseau affolé qui serait rentré par mégarde dans une pièce et n'en trouverait plus la sortie.

Najat Oujdah était toujours très nerveuse, lorsqu'elle attendait un homme – ou, pour mieux dire, un *client*. Car c'était bien de cela qu'il s'agissait.

Nerveuse, elle l'était déjà parce qu'elle avait, ce faisant, l'impression de tromper Sandra. Ou, pour mieux dire, de la trahir, de duper sa confiance.

Car elle n'avait encore jamais osé dire à sa compagne de quelle manière elle arrondissait secrètement les maigres revenus que lui procurait son travail de femme de ménage, de « bonne à tout faire », au *Sex-à-Piles*.

Pourtant, elle était presque certaine que Sandra, qui faisait de temps à autre la même chose de son côté, n'aurait pas poussé des hauts cris en sachant qu'il arrivait à son amante de se donner aux hommes contre de l'argent.

Mais Najat n'osait pas. Peut-être parce qu'elle-même se sentait avilie par ce qu'elle faisait ; et que, tant que cela restait rigoureusement secret, elle parvenait encore, d'une fois sur l'autre, à oublier qu'elle se prostituait – pour appeler les choses par leur nom brutal.

Et puis, Najat était soutenue par une pensée, qu'on pourrait appeler une certitude : elle était persuadée que, lorsque son cauchemar serait achevé, lorsqu'elle aurait « réglé ses affaires », ainsi qu'elle disait pudiquement à Sandra lorsqu'elles en parlaient ensemble, elle cesserait immédiatement de se vendre et redeviendrait une fille comme les autres.

Presque comme les autres…

Passant devant la petite table de chevet, à droite du lit, Najat jeta pour la dixième fois un coup d'œil au cadran de sa montre, posée dessus. Trois heures et presque dix minutes : son client devrait déjà être là, puisqu'elle lui avait donné rendez-vous à trois heures précises, sachant qu'à cette heure-là, Sandra serait partie depuis déjà une demi-heure.

Il lui avait dit s'appeler Henri et avoir 45 ans. Najat l'avait trouvé par le biais d'Internet, sur un *chat* érotique, qui était une sorte de salon de rencontres virtuelles. Comme elle avait trouvé ses prédécesseurs.

Elle n'avait jamais aucun mal à « lever » un client : beaucoup de Français « de souche » se montraient très excités à l'idée de faire l'amour avec une authentique musulmane voilée. Lorsqu'elle leur annonçait qu'ils ne verraient jamais son visage durant le temps qu'ils passeraient ensemble et qu'ils n'auraient le droit de la prendre que « par-derrière», ils en devenaient complètement fous et, le plus souvent, ne songeaient même pas à discuter les cent cinquante euros que Najat leur réclamait. «Non négociables», précisait-elle fermement.

Deux coups sonores furent frappés à la porte et la jeune femme, enfouie sous ses voiles, ne put s'empêcher de sursauter. À ce moment précis, elle aurait souhaité pouvoir disparaître – cela lui faisait ça à chaque fois.

Néanmoins, elle alla ouvrir la porte. Elle se retrouva face à un homme souriant, aux cheveux précocement poivre et sel, plutôt grand, mince, le visage avenant et éclairé par de très beaux yeux bleus.

Najat en ressentit un petit pincement du côté du cœur. Elle venait de se dire que, rencontré dans d'autres circonstances, et si elle-même avait été autre chose que la fille sans visage qu'elle était devenue, elle se serait peut-être, et avec plaisir, donnée à cet homme pour rien…

Sans un mot, elle s'écarta pour le laisser entrer, et referma la porte derrière lui, dont elle tira le verrou.

– C'est pas très facile à trouver… dit le dénommé Henri, plus pour rompre le silence qu'autre chose.

Il se dandinait d'un pied sur l'autre, les bras ballants, comme gêné d'être là. Ou comme s'il réalisait que sa carcasse était trop encombrante dans cette pièce étroite et sombre.

– Vous me donnez ce qui est convenu et on va

faire un brin de toilette ? murmura Najat, en se dirigeant vers la seconde pièce sans lui accorder un regard.

Elle procédait toujours ainsi, ayant remarqué que les hommes se sentaient tout de suite plus à l'aise, dès qu'ils avaient sorti les billets de banque de leur poche. Et puis, ensuite, la « toilette » lui permettait de rompre la glace avec le client, de créer un semblant d'intimité érotique…

– Oui, oui, bien sûr ! s'empressa en effet Henri, en fouillant dans le portefeuille de cuir marron qu'il venait de sortir de sa poche intérieure de veste.

Il en tira trois billets de cinquante euros, qu'il déplia en éventail afin de les montrer à Najat :

– C'est bien ça, non ?

– C'est ça… acquiesça-t-elle. Pose-les sur la table de nuit et déshabille-toi. Tu n'es pas obligé de tout enlever, d'ailleurs, c'est comme tu veux…

De fait, Henri conserva chaussettes, chemise et cravate, ce qui lui donnait une allure franchement ridicule – mais Najat s'en moquait complètement.

D'un coup d'œil, elle constata que le sexe de son client pendait encore tristement entre ses cuisses plutôt bronzées, et qu'il devait être – même en érection – de taille assez modeste ; ce qui lui fit plutôt plaisir, compte tenu de ce qu'elle était censée faire avec lui.

Sans prendre la peine de faire disparaître les

billets, elle se dirigea vers l'évier du coin cuisine, suivie par Henri qui, peut-être à cause de sa tenue, arborait maintenant un petit sourire gêné – presque d'excuse.

Najat régla la température de l'eau, s'enduisit les mains de savon liquide et se tourna vers son client :

– Approche-toi, mon chéri…

Elle avait toujours trouvé ridicule, pour une prostituée, d'appeler ses clients « mon chéri ». Mais, d'un autre côté, elle avait remarqué que ça semblait les mettre à l'aise, alors… Les hommes restaient souvent très gamins…

Henri s'exécuta docilement. Najat saisit son sexe endormi dans ses deux paumes enduites de savon et commença de le masser doucement. La réaction virile ne se fit pas attendre : la verge prit du volume, de la consistance, de la raideur.

Lorsqu'elle fut en pleine érection, Najat constata avec satisfaction qu'elle ne s'était pas trompée dans sa première évaluation : Henri était « monté modeste »…

Tandis qu'elle le lavait soigneusement, et avec beaucoup de douceur, son client posa sa main en bas de ses reins et, par-dessus le voile noir, entreprit de lui caresser les fesses, d'abord avec une certaine timidité, puis avec plus de fougue. Elle le laissa faire : après tout, c'était pour ses fesses qu'il était venu jusqu'ici et avait déboursé cent cinquante euros. Il fallait bien qu'il en ait pour son argent…

Lorsque le membre viril fièrement dressé fut lavé, rincé et séché, Najat enlaça gentiment Henri par la taille pour le ramener vers le lit.

Elle se montrait toujours gentille avec les hommes qui payaient pour profiter de son corps. Simplement parce qu'elle ne voyait pas de raisons d'être méchante, méprisante ou agressive avec eux. Elle ne leur en voulait pas à eux, de ce qu'ils allaient faire ensemble.

– Allonge-toi… lui proposa-t-elle de sa voix naturellement douce. Comment tu veux que je me mette ?

– Mets-toi à genoux près de moi… que je puisse te caresser, souffla Henri, d'une voix brusquement changée. Tu as l'air superbe, sous ce machin…

Najat prit la pose que l'on attendait d'elle, dos tourné à son client. Puis, elle saisit le membre raide et entreprit de le caresser doucement. En faisant bien attention de ne pas l'amener par mégarde jusqu'à la jouissance : cela lui était arrivé une fois, et le client, mécontent, avait exigé qu'elle lui rende cent euros sur les cent cinquante qu'il lui avait donnés…

– Tu es vraiment musulmane, ou c'est juste un truc que tu as trouvé ? demanda Henri, cependant que sa main tentait de se faufiler sous les voiles épais et amples.

Najat eut un petit sourire sans joie : il n'y en avait pas un, parmi la vingtaine d'hommes qu'elle avait laissé venir ici, qui ne lui avait pas posé cette question. Comme s'ils voulaient vérifier qu'ils allaient bien en avoir pour leur argent ; qu'il n'y avait pas tromperie sur la marchandise…

– Non, non, je suis une vraie musulmane, lui répondit-elle avec calme. Une vraie pute hallal !

Henri eut un petit rire bref :

– Mais c'est du blasphème, ça, dis donc !

Najat ne répondit rien. Elle n'allait tout de même pas se mettre à expliquer à cet inconnu, dont elle sentait le membre palpiter entre ses doigts, que, depuis un certain soir de l'année 2006, elle avait cessé de croire en quoi que ce soit – et pas plus en Allah qu'en son Prophète, ou au diable, ou en n'importe qui ou quoi d'autre.

Elle ne croyait plus qu'en sa vengeance ; elle seule la maintenait en vie.

La main de son client avait réussi à se faufiler sous son *niqab* et pétrissait à présent la chair veloutée et ferme de ses cuisses ; cuisses que Najat écarta complaisamment afin de lui ouvrir le passage vers son mini slip de dentelle. Lorsque ses doigts entrèrent en contact avec le sous-vêtement en question, Henri émit une petite exclamation rauque.

Décidément, songea Najat, les hommes étaient bien tous bâtis sur le même modèle, selon le même

« patron » : elle n'en avait encore pas rencontré un seul qui ne fût pas rendu fou de désir par le simple contraste entre son austère vêtement et ses dessous « de chaudasse », comme aimait à dire son amie Samara.

Mais Samara appartenait à son autre vie, à un monde révolu : elle ne devait pas penser à elle…

– Viens sur moi, s'il te plaît ! gémit Henri, en entourant ses hanches de son bras droit.

Najat comprit parfaitement ce dont il avait envie et elle enjamba son torse, de façon à ce que sa croupe ample se trouve juste au-dessus de son visage. Aussitôt, Henri retroussa fébrilement son long vêtement noir et enfouit sa bouche entre ses cuisses, tandis que ses mains faisaient maladroitement descendre le slip le long de ses cuisses.

– Suce-moi ! implora la voix masculine, à l'autre bout de son corps. Suce-moi rien qu'un petit peu…

– Non ! répondit gentiment mais fermement Najat, en pressant légèrement la verge qui bondissait dans sa main caressante. Tu as oublié nos conventions ? Mais toi, tu peux me lécher, si tu aimes…

Najat refusait de prendre le sexe d'un homme dans sa bouche. Non pas que l'idée l'en dégoûtait particulièrement, mais elle voulait rester vierge par là *aussi*…

Elle sentit la langue de son client s'introduire

dans la forêt épaisse qui ombrait son sexe, écartelé juste au-dessus de lui, pour atteindre les pétales ultra-sensibles de sa corolle la plus intime. Cela lui provoqua quelques chatouillis pas désagréables, mais rien de plus.

Jusqu'à maintenant, seule Sandra avait su l'amener au plaisir de cette manière-là. Et il était malheureusement probable qu'elle demeurerait la seule, à jamais.

Najat creusa davantage les reins lorsqu'elle sentit le muscle tiède et agile remonter vers la petite ouverture plissée, nichée entre ses fesses moelleuses.

– Oui, lèche-moi là… l'encouragea-t-elle d'une voix indifférente. Pour me préparer…

L'encouragement parut fouetter les sangs d'Henri, qui empoigna ses fesses à pleines mains, afin de les ouvrir au maximum. Puis, durcissant sa langue autant qu'il le pouvait, il parvint à la faire pénétrer d'un centimètre ou deux dans l'ouverture la plus étroite de ce corps sous lequel il était allongé, tous les sens en surchauffe.

Henri repoussa Najat presque aussitôt et se redressa avec une certaine brusquerie.

– Maintenant ! se contenta-t-il de souffler, en remontant le *niqab* sur les reins de sa partenaire afin de dégager sa croupe à la peau délicieusement cuivrée.

Najat ne bougea pas, se contentant de creuser encore davantage ses reins souples.

– Vas-y doucement… se contenta-t-elle de lui demander, dans un murmure. Et n'oublie pas les conventions : je suis vierge et je veux le rester…

Elle savait que le moment de l'estocade était venu – le moins agréable, mais le dernier…

Henri se plaça à genoux derrière elle et lui empoigna fermement la hanche de la main gauche. De l'autre, il saisit son sexe tendu et le dirigea vers le petit œillet brun et plissé, niché tout en haut de la profonde vallée tiède des reins de sa partenaire, totalement passive.

Il pénétra en elle, d'une seule poussée lente et de toute sa longueur. Najat fut contente de ne ressentir de cette intrusion qu'une très légère gêne.

Elle faufila son bras droit sous son ventre et, avec un peu de difficulté à cause des plis et replis de son *niqab*, parvint à atteindre le petit bourgeon dur de son clitoris.

Il n'y avait pas longtemps qu'elle avait pris cette habitude, de se masturber doucement pendant qu'elle était sodomisée. Non pas pour atteindre à un quelconque orgasme mais simplement pour se détendre : elle avait pu constater que cela rendait la pénétration plus facile à endurer.

– Oh, mon Dieu, que tu es étroite ! gronda Henri, en crispant involontairement ses doigts sur la peau tendre de ses hanches. Je crois que je ne vais pas être long à… Oh, il faut absolument que je tienne, c'est trop bon !

Mais, pour la plus grande satisfaction de Najat, Henri ne tint pas très longtemps. Au bout d'une dizaine de coups de boutoir, de plus en plus rapides, il se plaqua contre sa croupe et gicla à plusieurs reprises au fond de ses entrailles, en éructant comme un animal en crise.

Najat eut un léger sursaut lorsque le membre encore tout gonflé de plaisir se retira de ses reins, avec un étrange petit bruit de succion. Elle rabattit son niqab sur sa croupe et ses jambes, avant de sauter au bas du lit.

Non sans avoir vérifié que son visage demeurait toujours dissimulé aux regards.

Son client était déjà occupé à se rhabiller, avec ces gestes un peu trop pressés qu'ils avaient tous, dans ces cas-là. Alors qu'il enfilait sa veste, il s'immobilisa un instant et contempla Najat avec un regard curieux.

– Ça fait tout de même un drôle d'effet, d'enculer une fille dont on n'a jamais vu le visage ! soupira-t-il. Tu te rends compte que si, tout à l'heure, je te croise dans la rue, je ne saurai même pas que c'est toi ?

– C'est mieux comme ça, répondit Najat d'une voix morne : je ne suis personne…

Henri ouvrit la bouche pour répondre. Mais, se ravisant brusquement, il la referma et se dirigea vers la porte du petit appartement.

– Bon, ben… au revoir, alors… dit-il sur un ton emprunté. On se reverra peut-être, qui sait ?

– Qui sait ? répondit Najat en écho, mais sans avoir l'air d'y croire une seule seconde.

Lorsqu'il eut disparu et qu'elle eut refermé la porte, Najat se débarrassa de tous ses vêtements et fonça droit sous la douche, comme à chaque fois.

L'eau froide lui fit du bien, par sa violence même. Elle sentit les pointes épaisses de ses seins lourds se dresser sous le coup de fouet humide. Machinalement, elle prit sa poitrine à pleines mains et, entre le pouce et l'index, fit rouler ses mamelons durcis, jusqu'à ce qu'une douce chaleur prenne naissance au creux de ses reins.

Elle se demandait toujours avec un certain étonnement pourquoi, lorsqu'elle venait de « faire » un client, elle éprouvait l'irrépressible besoin de se caresser. Le fait est que cela se produisait à chaque fois.

Et que ces séances de masturbation solitaire débouchaient toujours sur les plus violents et les plus profonds orgasmes qu'elle ait jamais éprouvés.

Najat savonna rapidement les parties de son corps que son client avait « souillées », soit de sa bouche soit de son sexe, se rinça et se sécha encore plus vite : elle avait hâte, à présent, d'aller s'allonger sur le lit.

Entièrement nue, comme personne, hormis Sandra, ne la verrait sans doute jamais plus.

Une fois étendue, la jeune femme sentit des larmes brûlantes affleurer à ses paupières, et elle ferma les yeux pour tenter d'en endiguer le flot montant.

Elle se mordit la lèvre inférieure, suffisamment fort pour que la douleur puisse prendre le pas sur les pensées qui s'étaient mises à tournoyer dans son cerveau.

Il ne fallait pas qu'elle laisse le passé l'envahir ! Elle ne devait pas repenser à « tout ça », pas maintenant. Pas tant qu'elle n'avait pas mené sa tâche sacrée jusqu'à son terme.

Après, elle aurait tout le loisir de se laisser aller, et même sombrer peut-être. Il n'y avait plus longtemps à tenir, quelques heures, pas davantage…

Najat ouvrit largement ses cuisses charnues et fit glisser sa main droite le long de son ventre légèrement bombé, jusqu'à l'orée de la forêt noire et dense qui masquait l'entrée encore inviolée de son sexe.

De l'index et du majeur, elle écarta les replis soyeux de cette corolle de chair douce, afin de débusquer le petit bouton plus dur qui, seul, dans ces moments d'intense souffrance morale, avait encore le pouvoir de la calmer. Par le plaisir qu'il était capable de lui donner.

Les joues à présent baignées des larmes qu'elle ne parvenait pas à refouler, Najat entreprit de se masturber avec une sorte de rage. Comme si elle voulait punir ce corps trop sensuel de tous les malheurs dont il était finalement responsable, dans sa courte existence.

Elle pinçait son clitoris, le vrillait comme si elle voulait l'arracher. Le corps tressautant sur le lit, elle gémissait de douleur. Mais, en même temps, elle sentait monter en elle la formidable vague du plaisir qui, elle le savait, ne tarderait pas à l'emporter.

La vague du plaisir et du bienfaisant oubli…

CHAPITRE VIII

Pour la quatrième fois en moins de dix minutes, la petite musiquette électronique retentit, indiquant un « appel entrant » sur le téléphone portable de Bertrand du Saguenay. Ce qui commençait à agacer un peu Boris Corentin, plongé à la fois dans le dossier de Farid Oujdah et dans celui de Constantin Franchet. Tout comme l'était Géraldine Hébert, qui s'était installée au bureau d'Aimé Brichot afin de communiquer plus facilement avec son « Grand chef ».

Le jeune stagiaire prit la communication, avec une petite grimace d'excuse à l'adresse des deux policiers, dont les yeux étaient braqués sur lui.

– Allô ? Oui, Père, c'est moi… Pardon ? Vous dites ? Excusez-moi, je vous entends très mal…

Géraldine Hébert retint de justesse un sourire : elle aurait bien parié un mois de son salaire que du Saguenay fils vouvoyait du Saguenay père…

– Vous me disiez ? était en train de demander le stagiaire. Si j'ai oublié le dîner chez les d'Ambreuse ? Par tout le vin des noces de Cana, bien sûr que non ! Comment pourrais-je ? Mère m'en parle tous les jours depuis bientôt trois semaines ! Comment ?.... Eh bien, je ne sais pas, moi, retrouvons-nous dans la cour de leur hôtel à huit heures moins cinq. Cela me laisse le temps de repasser me changer, pour peu que je puisse...

Bertrand leva un regard interrogatif vers Boris Corentin. Lequel, comprenant qu'il voulait savoir s'il pourrait bientôt disposer de son temps, lui fit signe que oui, pas fâché de se retrouver seul avec Géraldine.

– ... Que je puisse me libérer suffisamment tôt sans gêner la bonne marche du service. Cela ne devrait pas soulever d'obstacles insurmontables... Voulez-vous avoir l'obligeance de demander à Mariette qu'elle me prépare mon costume N° 3, je vous prie ? Très bien, dans ce cas, à ce soir chez les d'Ambreuse ! Mes respects, Père...

Bertrand du Saguenay coupa la communication, puis regarda tour à tour Boris Corentin et Géraldine Hébert.

– Je sais bien ce que vous pensez, et que vous me trouvez totalement ridicule, désuet, sentant la poussière des siècles, finit-il par dire, d'une voix tranquille. Mais, que voulez-vous : j'ai été élevé comme ça, et mes parents, spécialement ma mère, tiennent beaucoup à leur protocole.

– Mais il n'y a aucun mal à ça, l'assura Corentin, avec un petit sourire en coin. C'est un peu surprenant au début, mais à tout prendre c'est toujours mieux que les jeunes qui traitent naturellement leurs pères de vieux connards !

– Oh, mais, ça n'empêche pas ! répliqua du Saguenay, avec une conviction qui fit éclater de rire Géraldine. Bien, si vous pensez que je pourrais…

– Mais oui, file ! le coupa Boris Corentin, en éteignant lui-même son ordinateur. Mais demain, tout le monde sur le pont à huit heures, hein !

– Sans problème, commandant : les soirées chez les d'Ambreuse s'éternisent rarement au-delà de dix heures : c'est l'heure à laquelle la vieille marquise a tendance à piquer du nez dans les petits-fours…

– Tant que c'est pas dans la gnôle de son palefrenier… ne put s'empêcher de glisser Géraldine.

– Oh, non, non ! protesta Bertrand du Saguenay, sans paraître avoir décelé l'humour : malgré une hérédité certaine, la marquise a su rester très sobre !

Dès qu'il se fut éclipsé, Géraldine Hébert se leva à son tour de son fauteuil :

– Nous aussi, on peut se la jouer « E.T. maison », Grand chef ?

– Tu n'es pas invitée chez les d'Ambreuse ? répondit Corentin du tac au tac.

– Euh… non, pas à ma connaissance…

– Dans ce cas, j'aimerais bien qu'on fasse un saut

jusqu'au domicile de Najat Oujdah, puisque domicile il y a désormais. Et après, si tu es sage, je t'invite à dîner…

– Chouette ! On va faire la teuf ! s'exclama Géraldine en fonçant vers la porte.

*

* *

– Bon, on y est ! fit Boris Corentin avec une certaine satisfaction, en s'arrêtant devant la porte de l'immeuble de la rue de Douai. D'après son dossier, l'adresse de Najat Oujdah est « cour – gauche ». Je ne vois pas très bien ce que ça veut dire, mais enfin…

Il était un peu plus de sept heures du soir lorsque Boris et Géraldine étaient sortis de la station de métro « Pigalle ». Puis, ils avaient remonté le boulevard de Clichy encombré de monde en direction de la place, obliqué dans la rue Blanche avant de tourner le coin de la rue de Douai.

Avant de quitter le 36 quai des Orfèvres, Géraldine Hébert avait eu le bon réflexe d'appeler le commissariat du XVIIIe afin de connaître l'éventuel code d'accès de l'immeuble : en effet, il y en avait un, comme presque partout désormais.

En débouchant du couloir étroit et sombre dans la cour oblongue, presque aveugle et nauséabonde, les deux policiers comprirent ce que voulait dire l'expression « cour – gauche », en découvrant les deux anciens ateliers réaménagés en domiciles, chacun à une extrémité.

Ils se dirigèrent vers l'habitation de gauche, dont – mauvais signe – les deux fenêtres étaient noires. Effectivement, personne ne répondit lorsque Boris Corentin eut frappé à la porte de bois dépourvue de toute peinture.

– Elle ne vit pas seule, on dirait… dit alors Géraldine Hébert, en désignant le *post it* fixé au montant latéral.

Le rectangle de papier jaune fluo portait en effet deux noms : Sandra Muckiewicz et, en dessous, écrit dans une autre couleur, Najat Oujdah.

– Peut-être qu'elles rentrent plus tard de leur boulot… murmura Boris Corentin, un peu déçu.

– Elles rentrent quand ça leur chante ! fit alors une voix grumeleuse juste derrière eux.

Géraldine et Boris se retournèrent en même temps. Pour se retrouver face à un homme d'une soixantaine d'années, très rouge, nanti d'un nez à la Robert Dalban, de petits yeux injectés et larmoyants. Il était vêtu – si l'on peut dire – d'un pantalon de jogging glissant sous sa proéminente bedaine et d'un tee-shirt crasseux qui, lui, remontait nettement au-dessus. Entre les deux, une large bande de peau blême, malsaine, parcourue de rares poils gris. Il portait aux pieds ce qui avait dû être des charentaises dans une existence antérieure.

– Vous connaissez vos voisines ? demanda aimablement Boris Corentin. Monsieur…

– André Espérandieu, c'est mon nom, répondit l'homme au jogging. Les copains m'appellent Dédé Nom de Dieu : ça les fait toujours marrer…

– Et, donc, vos voisines… le recadra Géraldine, avec un sourire engageant.

– Non, je les connais pas et je veux surtout pas les connaître : c'est des putes ! asséna Espérandieu d'un ton sans réplique. Et des putes pas franches, encore !

– Euh… comment ça : « pas franches » ? s'étonna Géraldine, en remontant machinalement ses petites lunettes rondes sur son nez retroussé.

– Eh ben, oui, pas franches ! Enfin, je dis ça surtout pour l'autre, là, l'Arabe, la bâchée : vous trouvez ça normal, vous, une fille qui reçoit des mecs et dont personne n'a jamais vu autre chose que ses yeux ? Même quand il fait 40° à l'ombre, elle ne sort qu'emmitouflée dans ses voiles à la con ! Pourtant, elle est pas mariée, hein ! Donc, elle pourrait très bien sortir habillée normalement !

Boris Corentin et Géraldine Hébert échangèrent un bref regard, sachant qu'ils pensaient la même chose. Si Najat Oujdah ne sortait que voilée, c'était sûrement plus pour dissimuler son visage atrocement balafré que par conviction religieuse…

– Pourquoi dites-vous que ce sont « des putes » ? voulut savoir Boris Corentin.

– Bon, pour la blonde, la Sandra, je pourrais pas vous dire, concéda Espérandieu. En dehors du fait qu'elle passe la plupart de ses nuits dehors, je dois admettre que je l'ai jamais vue ramener un homme ici. Mais l'autre, oui ! pas plus tard que cet après-midi, encore. Et j'ai bien vu qu'elle était complètement voilée quand elle lui a ouvert la porte, hein ! En plus, quand on bosse au *Sex-à-Piles*, on est forcément plus ou moins une pute, z'êtes pas d'accord ?

– Le *Sex-à-Piles* ? insista Géraldine Hébert, avec un air de totale incompréhension.

– La boîte-à-cul qu'est sur le boulevard, la renseigna André Espérandieu. Le *sèque-shop*, si vous préférez…

– Et vous dites que Najat Oujdah travaillerait dans cet établissement ? demanda Géraldine.

– Ouais mademoiselle ! même qu'elle est femme de ménage et qu'elle bosse avec son voile ! Faut quand même être un peu malade de la tête, non ?

– Comment savez-vous qu'elle est femme de ménage ? questionna froidement Boris Corentin, que leur interlocuteur commençait d'agacer.

De rouge, André Espérandieu vira au violet :

– Ben… disons que je suis entré, une fois que je passais devant… bafouilla-t-il. Comme ça, sur un coup de tête, juste pour me faire une idée, hein !

– Et, donc, résuma Corentin qui se sentait des fourmis dans les jambes, vous ne pouvez pas nous dire à quelle heure ces demoiselles rentrent chez elles d'ordinaire ?

– Ben, non, je vous ai dit : ça va, ça vient, ça mène une vie de bâton de chaise ! Remarquez, au fond, je leur jette pas la pierre, hein ? Moi aussi, dans ma jeunesse, je m'en suis donné ! Mais, les filles, c'est pas pareil… Et puis, vous aurez beau dire, mais aller faire la bringue quand on est voilée de la tête aux pieds, eh ben je trouve pas ça correct, moi !

Boris Corentin et Géraldine Hébert prirent congé de leur « informateur » et quittèrent la cour dont l'odeur commençait d'incommoder sérieusement la jeune femme.

– Qu'est-ce qu'on fait ? demanda Géraldine lorsqu'ils furent sur le trottoir de la rue de Douai. On va faire un petit tour au *Sèque-shop*, comme dirait l'autre ?

– C'est exactement ce que j'allais te proposer, Petit bonhomme ! À condition que ta pudeur féminine ne doive pas trop en souffrir, bien sûr !

– Tu sais ce qu'elle a envie de te dire, Grand chef macho, ma pudeur féminine ?

– Je crois que je vois assez bien, oui…

*
* *

Assis derrière son petit comptoir, encombré de flacons de produits censément aphrodisiaques, et de quelques godmichés de caoutchouc, Bedros Ghedarian luttait vaillamment contre une vilaine torpeur d'après-dîner.

Il faut dire que l'absence de clientèle n'incitait pas à rester éveillé : tout juste s'il avait vu entrer une vingtaine de personnes en deux heures. Là haut, au *Peep show*, les trois filles faisaient en alternance leurs numéros devant des cabines vides ; et c'était à peu près pareil au sous-sol où les vidéos X se déroulaient devant des sièges vacants.

Mais qu'est-ce qu'ils avaient, les gens, de nos jours ? Ils ne s'intéressaient plus au cul, ou quoi ? s'interrogeait l'Arménien, les paupières à demi closes.

Il fut distrait de ses pensées moroses par l'entrée d'un couple – lui, beau gaillard athlétique ; elle, une rousse piquante et bien foutue, plus jeune que son compagnon. Bedros Ghedarian s'en sentit tout ragaillardi. Son expérience le lui avait appris : autant les hommes seuls pouvaient passer une heure dans sa boutique sans rien acheter, autant les couples qui entraient ici savaient ce qu'ils voulaient. Non seulement, ils ne perdaient pas de temps (Madame, un peu honteuse d'être là, étant généralement pressée de ressortir…), mais en plus ils s'en mettaient souvent pour une bonne somme.

Le malheureux vit ses rêves de recette voler en éclats, lorsque l'homme en face de lui exhiba sous son nez sa plaque de policier. Décidément, la soirée s'annonçait médiocre. Et même davantage…

Bedros Ghedarian avait l'habitude de la police, comme tous les gens qui «bossaient dans le cul». Mais, là, étant donné le contexte, il sentit ses jambes courtaudes se mettre à trembloter – il se félicita d'être assis.

– Je suis parfaitement en règle ! lança-t-il à tout hasard, d'une voix bizarrement chevrotante.

– Personne n'en doute, répondit calmement Boris Corentin. Mais nous vérifierons tout de même, à tout hasard : on est parfois si distrait, dans les affaires…

«Les menaces d'entrée de jeu… soupira intérieurement Ghedarian. Mais qu'est-ce qu'ils peuvent bien me vouloir, ces deux-là, que je ne connais même pas ? »

La réponse lui vint immédiatement, énoncée toujours par Boris Corentin :

– Pour l'instant, nous nous intéressons plutôt à l'une de vos employées, une certaine Najat Oujdah : c'est à elle que nous souhaiterions parler…

Bedros Ghedarian sentit un net soulagement lui

libérer l'esprit. Si c'était sa femme de ménage qui était en cause, il pouvait se rendormir tranquille. D'autant qu'il l'avait toujours scrupuleusement déclarée.

– Elle est bien votre employée, n'est-ce pas ? insista Géraldine Hébert, qui s'efforçait de ne pas trop voir les revues obscènes étalées un peu partout.

– Employée, oui… Si on veut ! reprit Ghedarian d'une voix plus assurée d'elle-même.

– Vous ne pouvez pas être plus précis, demanda froidement Corentin. Elle l'est, oui ou non ?

– Elle l'est, confirma Ghedarian, avec un petit hochement de tête. Seulement, ça fait deux jours que je ne l'ai pas vue au boulot, et elle n'a même pas pris la peine de me passer un coup de fil ! Alors, si par hasard, vous arrivez à mettre la main dessus, soyez aimables de lui dire qu'elle est virée si elle ne se présente pas à moi demain midi au plus tard !

Géraldine et Boris échangèrent un bref coup d'œil : deux jours d'absence injustifiée, cela ramenait précisément au jour du meurtre de Constantin Franchet. Évidemment, il y avait de grandes chances pour qu'il s'agisse d'une simple coïncidence. Mais, tout de même, c'était troublant.

– Est-ce que vous connaissez la personne dont elle partage le logement ? demanda Corentin. Il s'agit d'une certaine Sandra Muckiewicz…

– Non, non, ça ne me dit rien du tout ! répondit

très vite Bedros Ghedarian.

Un peu trop vite, même, de l'avis de Boris Corentin, qui observait attentivement l'Arménien. Mais ce n'avait été qu'une fugace impression…

– Bien, dit-il en lui tendant sa carte, si jamais Mlle Oujdah refait surface, dites-lui que nous souhaiterions lui poser rapidement quelques questions.

– Je peux savoir à quel sujet ? demanda Ghedarian. Pour l'en informer, bien entendu !

– On le lui dira nous-mêmes… répondit laconiquement Géraldine, avant de rejoindre Boris Corentin, qui franchissait déjà le lourd rideau écarlate.

Sur le boulevard, la foule s'épaississait, tanguant d'une enseigne violemment illuminée à l'autre, se faisant héler par les « aboyeurs » des boîtes de strip-tease et des bars à « hôtesses », parlant et riant trop fort.

– Qu'est-ce qu'on fait ? demanda Géraldine. Tu ne m'avais pas parlé d'un dîner ?

– Si, on va y aller, décida Corentin. Ensuite, on repassera par chez Sandra et Najat, des fois qu'elles seraient finalement revenues au bercail.

– Ça tombe bien, je commence vraiment à avoir les crocs ! fit Géraldine avec satisfaction.

*

*   *

Comme il n'y avait rigoureusement personne à l'intérieur du *Sex-à-Piles*, Bedros Ghedarian sortit sur le pas de sa boutique, aux néons clignotants roses, bleus et violets, pour y fumer un petit cigarillo italien.

Il avait abandonné la cigarette huit ans plus tôt, mais, de temps en temps, il s'autorisait encore l'un de ces petits cigares bon marché. Spécialement lorsque quelque chose l'irritait ou le contrariait.

Or, justement, depuis une dizaine de minutes, quelque chose contrariait Bedros Ghedarian.

Pourquoi ces deux policiers s'intéressaient-ils à sa femme de ménage ? Et pourquoi avait-il éprouvé le besoin de leur dire qu'il ne l'avait pas vue depuis deux jours, alors qu'elle était venue normalement travailler la veille ?

En réalité, il n'en avait pas spécialement « éprouvé le besoin » : cela lui était venu spontanément, sans même qu'il ait pris la peine de réfléchir à ce qu'il allait répondre. Dans ce cas, pourquoi avoir fait ce mensonge ridicule, sans objet ? Mensonge d'autant plus absurde que, si ces flics retrouvaient Najat – et pourquoi ne la retrouveraient-ils pas ? –, elle n'aurait aucun mal à leur prouver qu'elle était effectivement venue travailler la veille. Et, du coup, ils voudraient savoir pourquoi lui, Bedros Ghedarian, commerçant presque honnête, avait éprouvé le besoin de leur mentir.

Or, justement – et c'est bien ce qui le mettait mal à l'aise depuis tout à l'heure –, il n'en savait rien lui-même. C'était comme si une voix profonde, inconsciente, s'était exprimée à sa place pour parer à un danger dont son esprit n'avait pas encore pris conscience.

Mais quel danger ?

Comment cette pauvre Najat – qui lui faisait réellement de la peine, avec ce visage ravagé qu'elle était contrainte de dissimuler constamment sous ses voiles noirs – aurait-elle pu représenter un quelconque danger pour lui ?

Et, encore une fois, pourquoi avoir prétendu qu'il ne l'avait pas vue depuis *deux* jours ?

Bedros Ghedarian, les sourcils froncés, tira une nouvelle bouffée de son cigare malodorant, sans même s'apercevoir qu'il s'était éteint tout seul.

Deux jours auparavant, c'était le soir de « l'incident » – pour lui-même, dans le silence et le secret de son esprit, l'Arménien ne désignait que par ce mot vague la mort horrible de Franchet. Mais quel rapport pouvait-il bien y avoir entre cet « incident » et sa femme de ménage ?

À moins que, ce soir-là, il ait inconsciemment enregistré un détail que, ensuite, son esprit aurait oublié ?

D'une pichenette, Bedros Ghedarian envoya son demi-cigare dans le caniveau et rentra à l'intérieur du sex-shop, toujours désert. Au même moment, il vit Avedis Bougourian surgir des profondeurs de l'escalier conduisant aux cabines vidéo. Il retint un soupir d'agacement : à tous les coups son jeune cousin était encore allé se pignoler devant l'un des films pornos diffusés en permanence dans les huit cabines du sous-sol ! Au lieu de s'occuper de l'étalonnage des stocks, comme son oncle lui en avait donné l'ordre. Enfin, quoi qu'il en soit, il tombait à pic, pour une fois.

– Avedis, mon fils, tu restes au comptoir, ordonna Ghedarian : j'ai à faire à mon bureau…

Il éprouvait toujours beaucoup de satisfaction à prononcer cette expression, « mon bureau » : elle lui donnait à bon compte l'impression d'être un homme d'affaires important…

Une fois dans la pièce où nul autre que lui n'avait le droit de pénétrer, Ghedarian prit soin d'en fermer la porte à clé. Car c'était un homme qui avait ses petits secrets et entendait les protéger de ses employés.

Par exemple, il avait toujours expliqué à tout le monde, et en particulier aux filles qui travaillaient au suçodrome, que les caméras de surveillance n'étaient là que pour leur faciliter le travail et que, ce faisant, elles ne fonctionnaient que dans l'instantané, que rien de ce qu'elles filmaient n'était enregistré ni, à plus forte raison, archivé.

Or, c'était faux : les caméras enregistraient bel et bien, et Ghedarian conservait les enregistrements durant une année entière. Après quoi, seulement, il les effaçait, pour remettre les bandes en circulation.

Jusqu'à présent, il n'avait jamais eu l'occasion de se servir de ses petites archives dans un but précis. Mais, là, il voulait revoir ce qui s'était passé deux jours plus tôt, au moment de la soirée où « l'incident » s'était produit. Ne serait-ce que pour se débarrasser une bonne fois pour toutes de l'image obsédante de Najat Oujdah.

Il ouvrit le fichier de l'ordinateur où il conservait les enregistrements des caméras, tapa le code secret qui en interdisait l'accès à tout autre que lui, puis il cliqua sur la petite icône qui venait d'apparaître.

Aussitôt, l'écran de l'ordinateur se divisa en six, chacun des rectangles correspondant à ce qu'avaient filmé les six caméras dont il disposait.

Bedros Ghadarian se concentra en priorité sur celles qui correspondaient au suçodrome, mais sans tout à fait négliger les autres pour autant.

La première chose qu'il vit fut justement la silhouette voilée de Najat Oujdah, se dirigeant avec son balai et son seau vers les toilettes réservées au personnel, dont elle avait bien entendu un double des clés.

Du coup, il se souvint l'y avoir vue, en effet, lorsqu'il était lui-même ressorti du suçodrome ce soir-là. Est-ce que son malaise venait de là ? Du simple fait de l'avoir vue en train de récurer une cuvette ?

Une minute plus tard, il comprit que non, et sentit tout son sang se retirer de son visage.

Car ce qu'il voyait maintenant à l'écran, c'était la silhouette noire et imprécise de la jeune femme ouvrir la porte du fond, celle qui communiquait avec la partie « interdite » du suçodrome, et s'y glisser furtivement, avant de refermer soigneusement derrière elle.

Et l'heure indiquée automatiquement par la caméra correspondait à quatre minutes et trente-deux secondes avant celle où lui-même s'était rué – la seconde caméra en faisait foi – à l'intérieur du suçodrome, alerté par le cri horrible de Constantin Franchet.

CHAPITRE IX

Partout c'était la nuit. Malgré les réverbères impavides le long de la rue, et les rectangles jaunes des fenêtres sans volet, en dépit même des arcs blêmes illuminant l'entrelacs des voies de chemin de fer, sous le pont métallique en dos rond, c'était la nuit.

Farid Oujdah la trouva rassurante et propice. Il se força à ne pas regarder à droite ni à gauche avant de se faufiler entre deux des plaques de tôles fermant le chantier. Son pied droit plongea dans une flaque de boue épaisse ; il lâcha un « merde ! » sonore, qui lui parut retentir dans la moitié de l'arrondissement ; il s'immobilisa, le tympan tendu comme une peau de tam-tam, dans l'attente de la sirène de police.

Rien ne se produisit, il continua d'avancer, avec un appareillage de précautions, inutiles dans la mesure où il distinguait à peine ses pieds ; ce qui valait sans doute mieux, vu l'état dans lequel devait se trouver sa chaussure glébeuse.

Sur sa gauche, à quelques mètres en avant de lui,

une excavatrice tendait son bras manchot, comme pour le guider de sa grosse main aux ongles polis. Il savait où il se trouvait, la fille blonde du suçodrome lui avait juste indiqué l'endroit, mais, après, il s'était tout de même un peu renseigné, en garçon prudent : l'emplacement d'un immeuble démoli le mois précédent.

Sur le mur mitoyen des bâtisses voisines, il aurait encore pu distinguer, avec un peu de lune, les papiers peints décolorés des appartements fantômes, lambeaux des existences qui, pour un temps ou toujours, s'étaient écoulées là. Mais il est probable que cela n'aurait pas engendré chez lui la moindre rêverie mélancolique : Farid ne s'était jamais intéressé à la décoration intérieure.

Il heurta quelque chose du tibia, assez fort, mais, cette fois, parvint à rester silencieux, malgré la vrille de la douleur. Il se dit qu'il commençait à s'endurcir, et il en conçut une satisfaction passagère mais vive.

La blonde du suçodrome lui avait dit qu'au fond du chantier, au-delà de l'immeuble disparu, se trouvait un atelier de brique et de métal, surmonté d'une verrière, qui avait abrité « des grosses machines » – elle n'avait pas été capable de préciser davantage.

– Tu m'attendras là… dans la lumière… Je viendrai.

Elle avait prononcé les derniers mots d'une voix

précipitée, comme une femme qui a hâte d'être débarrassée d'une corvée et de pouvoir s'enfuir. Elle semblait avoir peur de quelque chose ou de quelqu'un…

Farid poussa la grosse porte métallique, qui émit un long grincement rouillé ; il eut la certitude qu'il venait d'alerter l'autre moitié de l'arrondissement. Mais, cette fois encore, les sirènes restèrent silencieuses, Allah et son prophète étaient de son côté. Il fut surpris de découvrir à l'intérieur de l'atelier, tout en longueur et entièrement vide, une ampoule allumée, tombant de l'un des montants métalliques de la verrière.

Il manqua faire demi-tour, mais comme tout était silencieux il continua d'avancer jusqu'au centre exact de l'atelier, où se trouvait une épaisse planche de bois, à l'aplomb de l'ampoule qui fit luire ses cheveux noirs et bouclés. Il sut qu'il était arrivé au bout, au but. La fille lui avait dit de l'attendre dans la lumière, elle allait apparaître : il se rendit compte qu'il n'avait jamais eu de certitude mieux ancrée et s'en étonna.

C'est à ce moment que Sandra Muckiewicz se matérialisa devant lui, sans qu'il sache d'où elle avait pu arriver. Son visage maigre et sans grâce particulière reflétait le même sérieux appliqué, sorte de gravité apprise, qu'elle avait eu pour lui donner rendez-vous, la veille.

Elle tenait à deux mains un gros sac de plastique historié, comme ceux que l'on vend aux clients des grandes surfaces pour transporter leurs achats, les inutiles aussi bien que les autres.

– Qu'est-ce que c'est que ça ? demanda Farid, curieux mais pas du tout méfiant.

– Un cadeau pour vous… Une surprise, si vous préférez… répondit Sandra en s'agenouillant devant lui sur le béton huileux, juste à la limite de la planche, comme si elle craignait de salir ses genoux laissés nus par sa jupe en partageant avec lui cette mince estrade.

Farid la vit plonger ses deux bras maigres dans le sac, pour en extraire un appareil de métal dont il ne comprit pas tout de suite l'usage, mais qui devait être assez lourd.

Il fut un peu surpris de la voir en appliquer l'extrémité sur sa basket droite, cependant que ses mains fluettes se crispaient sur la poignée chromée, au centre de l'engin. Il y eut un claquement sec, qui rappela à Farid les pistolets à amorces avec lesquels ses parents lui interdisaient de jouer lorsqu'il était enfant.

D'abord, il ne ressentit qu'un froid intense, très inhabituel, à l'intérieur du pied.

Le temps qu'il se demande ce qui se passait, un deuxième claquement retentit, mais comme plus lointain, réverbéré par quelque chose qui n'était pas là l'instant d'avant.

Et de nouveau la sensation glaciale, pointue, mais dans le pied gauche cette fois.

Farid vit Sandra se relever, remettre l'appareil dans le sac en plastique et disparaître à sa vue, dans un silence qui lui parut de sinistre augure.

Il voulut se retourner vers elle mais il n'y parvint pas, ses pieds étaient comme cloués au sol.

Baissant les yeux, il constata que l'expression était à prendre au sens propre : deux gros clous à la tête en D le maintenaient rivé à la planche, tel un Christ sans croix.

C'est à ce moment que la douleur se fraya un double chemin le long de ses jambes, deux affluents qui se réunirent quelque part dans son ventre, juste sous le diaphragme, avant de foncer en bouillonnant vers son cerveau.

Farid ouvrit la bouche pour hurler ; il hurla en effet, et formidablement. Mais, juste avant, une pensée brève et indéchiffrable lui avait traversé l'esprit :

« J'ai déjà lu ça quelque part… »

Enfin, le cri de douleur déchira sa gorge. Mais pas longtemps : Sandra venait de resurgir dans le cercle lumineux, brandissant sa grosse cloueuse de tapissier à deux mains et l'appliquant contre sa poitrine.

– Si tu ne fermes pas immédiatement ta grande

gueule de salopard, je t'expédie dix centimètres d'acier dans le bide ! Compris, connard ?

Les yeux de Farid croisèrent ceux, très pâles, de la grande blonde, et il comprit, à la lueur fixe qui semblait les incendier, qu'elle ne plaisantait pas.

Il cessa instantanément de crier, malgré la douleur qui lui vrillait tout le bas du corps, partant de ses pieds cloués pour remonter presque jusqu'à l'aine.

– Mais qu'est-ce que tu veux ? parvint-il à dire, en faisant des efforts désespérés pour ne pas tomber par terre, tant la tête s'était mise à lui tourner. Q'est-ce qui se passe, qu'est-ce que je t'ai fait, bordel ?

– Tu le sauras très vite, rassure-toi, ricana Sandra Muckiewicz. Mais je ne suis pas sûr que la réponse te plaira ! En attendant, tu vas rester bien sagement ici, d'accord ? Et surtout en silence ! Sinon...

Pour mieux se faire comprendre, Sandra braqua son « arme » en direction de l'œil droit de Farid, qui en devint gris de terreur et manqua se mettre à pleurer. Un dernier lambeau de « fierté virile » l'en empêcha *in extremis*.

Et son bourreau femelle disparut du cercle lumineux, paraissant s'évanouir littéralement dans les ténèbres de l'immense entrepôt.

*

* *

Debout dans l'ombre d'un énorme pilier, immobile, Najat Oujdah avait du mal à réprimer le tremblement qui agitait tout son corps, sous ses épais voiles.

Après trois ans d'attente, d'efforts, de tension incroyable, elle était enfin au pied du mur. Ou plutôt – l'expression lui semblait plus juste, parce que beaucoup plus terrible –, elle était à l'extrême bord du précipice.

Il ne lui restait qu'un pas à faire. Ce pas fait, elle s'abîmerait au fond, ou bien elle prendrait son envol. Encore fallait-il, maintenant, être capable de l'accomplir, ce dernier, cet ultime pas en avant…

De là où elle se trouvait, Najat vit Sandra quitter le rond de lumière blafarde, à cinq ou six mètres en avant d'elle, et marcher dans sa direction.

Lorsque la blonde fut parvenue au pilier, elle ouvrit les bras sans un mot, et Najat vint s'y blottir, le corps secoué de sanglots secs et silencieux.

– Tu vois, mon amour, murmura Sandra, en caressant la tête de son amante par-dessus son voile, j'ai été bien inspirée de lire *Millenium*[1] le mois dernier : elle est excellente, cette idée de se servir d'un pistolet à clous de tapissier pour immobiliser un salaud au sol. Brave Lisbeth Salander !

Puis, sa voix redevenant brusquement plus grave,

1. *Millenium* est le nom de la célèbre trilogie policière, vendue à des millions d'exemplaires dans le monde, de l'écrivain suédois, Stieg Larsson. Lisbeth Salander, jeune punk surdouée de l'informatique, en est la principale héroïne.

plus pleine d'émotion aussi, elle ajouta :

– Maintenant, c'est à toi de jouer, mon amour… Je t'ai apporté ta vengeance, je t'ai aidée à la préparer : c'est à toi de la consommer, à toi toute seule. Définitivement. Je sais que tu en es capable, tu me l'a déjà prouvé il y a exactement deux soirs, rappelle-toi…

Najat ne répondit rien. C'était inutile : bien sûr qu'elle se rappelait ! Depuis deux jours, elle ne cessait de se repasser le « film » des événements, seconde par seconde.

Elle revoyait Sandra débouchant des toilettes privées du *Sex-à-Piles* et lui adressant le petit signe dont elles étaient convenues depuis déjà plusieurs semaines.

Elle se revoyait se faufilant dans ces mêmes toilettes, puis ouvrant en tremblant d'excitation et de peur, la porte du fond, celle débouchant sur le petit couloir qui menait aux cabines des filles du Suçodrome.

Comme détachée d'elle-même, dédoublée, elle se revoyait pénétrant dans la cabine de Sandra, refermant à clé la porte derrière elle, tout en extrayant le rasoir à manche de corne de la poche du jean qu'elle avait exceptionnellement enfilé ce jour-là sous son *niqab*.

Et surtout, surtout, elle revoyait avec une netteté hallucinante, douloureuse, ce sexe d'homme raide, gonflé, répugnant à ses yeux, apparaître par l'un des trois *glory holes* pratiqués dans la cloison mitoyenne.

Ensuite, sa vision devenait moins claire, tout avait tendance à se brouiller dans la mémoire de Najat. Le membre viril qu'elle avait pris dans sa main gauche, en s'en tenant aussi éloignée que possible… le rasoir… la lame brillante et fine… le geyser de sang… ce bout de chair encore dure qu'elle avait laissé tomber presque sur ses propres pieds… Et le hurlement de douleur, juste de l'autre côté…

Comment pourrait-elle oublier jamais tout ça ? Oui, elle l'avait fait ! Et, pour autant qu'elle s'en souvienne, sa main n'avait pas tremblé au moment de trancher ce sexe d'homme qui, d'une certaine manière, était la source de tout son malheur passé, mais aussi de ceux qui allaient continuer de l'accabler, le reste de sa vie durant.

Oui, en un sens, Sandra avait raison : elle avait déjà accompli la moitié de la tâche – non, de la mission ! – qu'elle s'était juré d'accomplir. Dans ce cas, pourquoi ne trouverait-elle pas en elle la force de la terminer, d'aller jusqu'au bout ?

Seulement, il y avait une chose que Sandra ne prenait pas suffisamment en compte – et Najat ne pouvait évidemment pas lui en vouloir. C'est que, deux jours plus tôt, au Suçodrome, elle n'avait tué

« que » Constantin Franchet, c'est-à-dire un immonde salaud qui ne lui était rien.

Tandis que l'homme qui se tenait à quelques mètres d'elle à présent, fou de terreur dans son cercle de lumière, tel un lapin pris dans le halo des phares, les deux pieds cruellement cloués à une épaisse planche de bois – cet homme-là, aux traits si familiers, n'était autre que son propre frère.

– Ce n'est plus ton frère, mon amour… murmura Sandra tout près de son oreille, comme si elle avait suivi ligne à ligne les pensées de son amante. C'est ton bourreau ! C'est lui qui t'a faite telle que tu es aujourd'hui… telle que moi je t'aime, mais telle que les autres ne veulent pas te voir ! C'est lui qui t'a condamnée au voile intégral pour le restant de tes jours, encore mieux que s'il l'avait fait au nom de votre religion ! C'est lui qui t'a emmurée vivante dans ces tissus sinistres ! *C'est lui qui t'a tuée* !

La voix de Sandra Muckiewicz s'était faite de plus en plus dure, à mesure qu'elle parlait. Elle le faisait exprès, bien qu'il lui en coûtât, afin de tenter d'insuffler à sa jeune maîtresse le courage qu'elle sentait vaciller en elle, maintenant que l'instant suprême était arrivé.

Sandra sentit Najat se détacher d'elle. Lentement. Sans prononcer la moindre parole, elle lui prit des mains la cloueuse. Puis, après un dernier long regard qui serra le cœur de Sandra, Najat se détacha du pilier qui les dissimulait toutes les deux et marcha droit vers le halo de lumière jaunâtre.

Droit vers son frère.

Lorsqu'il vit surgir devant lui cette espèce de fantôme noir dans le cercle de lumière où il se trouvait immobilisé, la première réaction de Farid Oujdah fut la peur – une peur irraisonnée, qui, sur son visage gris et transpirant, vint se superposer, se mêler à la souffrance.

Brusquement, la sensation de cauchemar incompréhensible qui l'étreignait depuis son entrée dans l'entrepôt se renforça, du fait de cette présence sans visage, silencieuse et immobile, le transperçant de deux yeux noirs, étrangement brillants et d'une fixité inquiétante.

– Qu'est-ce… qu'est-ce que vous me voulez, à la fin ? parvint-il à articuler. Qui vous êtes, d'abord ? Qu'est-ce que je vous ai fait ?

– Ce que tu m'as fait, Farid ? dit alors la voix anormalement calme qui sortait de sous le voile noir. Tu oses me demander ce que tu m'as fait ? Cherche ! Cherche bien, au fond de ta mémoire : ça devrait te revenir…

Et Najat se tut, comme épuisée par l'effort qu'elle avait dû fournir pour pouvoir s'adresser de vive voix à son frère. Ce qu'elle n'avait plus fait depuis quatre ans…

Najat venait d'avoir 15 ans, lorsque son père, Youssef Oujdah, eut un soir la mauvaise idée de traverser le boulevard *devant* le bus plutôt que derrière. La Volvo break qui arrivait de Paris – beaucoup trop vite, d'après le rapport de la police – le tua sur le coup.

Pour Najat, cette mort marqua, outre le deuil, la fin des années heureuses de l'enfance. Non pas seulement parce que la puberté avait transformé son corps et son esprit un an et demi plus tôt, mais parce que, dès la mort du père ou presque, son frère, Farid, avait littéralement « pris le pouvoir » à la maison. Il était devenu l'homme à la place de l'homme. Par une coïncidence qui devait se révéler très malheureuse par la suite, c'est à peu près à cette même époque qu'il s'était acoquiné avec Constantin Franchet, à qui, tout de suite, il avait voué une admiration sans borne – on pourrait même presque parler, dans son cas, de « dévotion ».

Najat, elle, était entrée dans cet âge de la vie où l'on s'ouvre au monde, où l'on aspire à tout ce qu'on ne connaît pas encore, où les conventions régissant l'enfance deviennent soudain très pesantes. Elle avait été sidérée de voir sa mère se plier sans rien dire au « coup d'État » perpétré par Farid. Elle avait fait acte de soumission à son propre fils, comme elle l'avait fait, 23 ans plus tôt, à son mari.

Sauf que, si Youssef Oujdah s'était finalement

révélé être un homme bon, tolérant, peu enclin à l'abus d'autorité, il n'en alla pas de même avec Farid, poussé vers toujours plus de pouvoir, toujours plus de rigorisme pseudo-religieux par les prêches incessants de son ami Constantin, alias Mohammed.

Les prises de bec, entre lui et Najat, étaient devenues quotidiennes et de plus en plus violentes – verbalement violentes, uniquement : jamais encore Farid n'avait osé porter la main sur sa sœur, même si, parfois, on sentait que les doigts lui démangeaient…

Parallèlement, il devenait de plus en plus religieux ; de plus en plus *démonstrativement* religieux. Le plus clair du temps qu'il passait à l'appartement familial – même si c'était de moins en moins –, ce n'était que remontrances à sa mère et à sa sœur, exhortations, prêches, etc. L'atmosphère, qui avait été plutôt gaie et détendue du temps du père, devenait pesante et triste sous la férule doctrinaire du fils.

Najat venait juste d'avoir 17 ans, lorsque sa vie avait basculé dans le cauchemar. Elle ne s'en rendit pas compte sur le coup, ce fut sans doute son grand tort, elle l'avait compris plusieurs mois après seulement.

Lorsque Farid, un soir, en présence de leur mère, lui avait gravement annoncé que Constantin Franquet venait de la demander en mariage, et qu'ils devaient tous se réjouir du grand honneur qui était fait à leur famille, Najat avait d'abord éclaté d'un rire moqueur.

– N'importe quoi, mon pauvre Farid ! Il est hors de question que j'accepte : d'abord parce que je le connais à peine, qu'il ne m'a même jamais adressé la parole, et ensuite parce qu'il ne me plaît pas du tout, ton Mohammed. De toute façon, j'ai horreur des rouquins…

Ensuite, elle avait cessé de rire.

– Le mariage est une chose sacrée, la plus importante dans la vie d'une femme qui respecte le Coran et le Prophète, avait doctement répondu Farid, l'air mécontent. De toute façon, j'ai déjà dit oui pour toi à ce mariage, qui me remplit de fierté : tu ne pouvais pas espérer un mari meilleur musulman que Mohammed. Tu devrais être pleine de reconnaissance pour lui, qui a daigné poser les yeux sur toi !

Là, sidérée de ce qu'elle entendait, incrédule, Najat avait carrément éclaté :

– Mais tu te rends compte de ce que tu dis, là ? Tu te crois où et quand ? Sous une tente de bédouins dans les années 1800 ? Mon pauvre Farid, mais tu deviens dingue à enfermer, ma parole ! Alors, comme ça, Monsieur le chef de famille a accordé MA main à son ami ? Et je devrais lui en être reconnaissante, en plus ! Et tu l'as négociée à combien, ma précieuse main ? Deux chameaux et cinq chèvres ? Une Twingo neuve ? Vingt grammes de coke ?

– Najat, je te demande de te taire et de me respecter ! avait grondé Farid, l'air menaçant.

Mais la jeune fille était trop emportée par sa colère pour tenir compte de l'avertissement.

– T'es vraiment devenu complètement ouf, si tu crois que je vais me laisser faire et marcher dans tes conneries moyenâgeuses, mon pauvre Farid ! avait-elle repris, sur un ton ouvertement sarcastique. Tu peux aller dire à ton ami qu'il annule tout de suite le traiteur hallal : jamais je ne me marierai avec lui, jamais ! Mets-toi bien dans ta tête de mule que ma vie, c'est moi qui vais la faire ! Toute seule ! Ou en tout cas avec l'homme que j'aurai choisi ! Et ça m'étonnerait que ce soit avec un barbu rétrograde qui s'imagine me faire honneur en me choisissant pour servante ! Pour *domestique* !

La dispute avait duré longtemps, des mots terribles, définitifs, irréversibles avaient été échangés entre le frère et la sœur. À aucun moment leur mère n'avait ouvert la bouche, demeurant hébétée dans son coin de canapé.

Dans les jours suivants, par défi, Najat avait enfin cédé aux timides avances que, depuis quelques mois, lui faisait Damien Lefébure, un garçon blond et plutôt mignon qui était dans la même classe qu'elle, au lycée Romain-Rolland.

Durant plusieurs semaines, elle prit même un

malin (mais dangereux) plaisir à parader dans les allées de la résidence avec lui, tendrement enlacés.

Dans le même temps, elle s'était mise à porter des tenues beaucoup plus « sexy » que celles qu'elle mettait jusque-là, s'étonnant que son frère ne lui fît aucune remarque à ce sujet – ni à aucun autre. En fait, depuis la dispute, Farid ne lui adressait plus la parole du tout. Najat trouvait cela très bien, se réjouissait d'avoir la paix.

Ce n'était pas la paix, mais la courte accalmie avant le déchaînement de l'horreur.

Le déferlement de la violence était tombé sur Najat sans aucun signe avant-coureur. Lorsqu'elle était rentrée à l'appartement, sa mère était absente. Farid lui avait à peine laissé le temps de refermer la porte.

Il avait fondu sur elle, tel un tigre sur l'antilope, l'avait envoyer dinguer au milieu du salon en la traitant de « putain des enfers », d'une voix totalement méconnaissable. Puis, il l'avait sauvagement battue sur tout le corps, à coups de poing et de pied, sans cesser de l'insulter.

Au début, Najat avait hurlé. Puis elle s'était tue, concentrant toute sa volonté et ses forces pour essayer de se protéger des coups au maximum, surtout le ventre et la tête. En se disant que, lorsque Farid aurait épuisé son accès de rage bestiale, il finirait bien par la laisser.

Elle avait tort. Terriblement tort.

À un moment, son frère l'avait empoignée par ses longs cheveux noirs, l'avait littéralement soulevée du sol, avant de la jeter sur le canapé. Incapable de bouger, tétanisée autant par la peur que par la douleur qu'elle ressentait partout, Najat l'avait vu sortir de sa poche un rasoir à manche de corne et en déplier la lame fine et brillante.

– Puisque tu ne veux pas épouser l'homme que je t'ai choisi, tu n'en épouseras aucun ! avait grondé Farid, littéralement effrayant, le visage déformé par une haine qui n'avait plus grand-chose d'humain. Et je vais te passer l'envie de déshonorer notre nom en allant faire la putain !

La suite, Najat l'avait effacée de sa mémoire. Totalement. Elle se souvenait juste que, quand elle était revenue à elle, elle était allongée sur son lit, que son visage était maladroitement bandé et la faisait atrocement souffrir.

Sa mère était à son chevet, silencieuse, en pleurs, l'effrayante immobilité d'une statue.

Ce n'est que quelques jours plus tard que Najat put découvrir, dans le miroir de la salle de bain, en ôtant elle-même ses pansements de fortune, l'horrible réalité de son nouveau visage, défiguré par ces deux énormes plaies boursouflées et violettes en cours de cicatrisation.

Elle n'avait même pas trouvé la force de hurler.

Ce qu'elle avait ressenti, au plus profond d'elle-même, c'était une sensation de mort irrémédiable.

Oui, Najat, l'ancienne Najat était morte à jamais, ce jour-là, en se découvrant dans le miroir.

Elle n'était plus ressortie de sa chambre, malgré les supplications de sa mère. Quant à son frère, il se comportait comme si elle était réellement morte. Ou, plutôt, comme si elle n'avait jamais existé.

La vérité, elle l'avait apprise de la bouche de sa mère, quelques semaines plus tard. Croyant bien faire, essayant d'arranger les choses et de disculper son fils, la pauvre femme lui avait dit :

– Il ne faut pas avoir de haine pour ton frère, ma fille, ce n'est pas lui le responsable. C'est ce Mohammed qui lui a dit de te faire ça, que c'était la seule chose qui pouvait laver l'affront que tu lui avais fait en refusant de devenir sa femme. Et Farid est faible, tu le sais… Il n'a pas su lui résister…

De ce jour, Najat n'avait plus été habitée que par une chose, mais l'emplissant tout entière : le désir de vengeance. Une vengeance finalement salvatrice : sans ce feu qui la brûlait de l'intérieur, sans cesse alimenté, Najat savait qu'elle se serait à coup sûr jetée par la fenêtre de sa chambre, pour aller s'écraser sur la maigre pelouse, trois étages plus bas.

Au lieu de cela, elle avait passé des mois à ruminer sa vengeance contre les deux hommes qui l'avaient détruite, à tirer des plans pour pouvoir, un jour, la consommer.

Pour cela, elle savait qu'elle devait être patiente. Ne serait-ce que parce qu'elle avait décidé d'attendre d'avoir 18 ans : majeure, plus personne ne pourrait rien contre elle. Jusque-là, elle se méfiait de sa « famille »…

Environ trois mois après le drame, Farid Oujdah avait réussi à « convaincre » sa mère de ne plus sortir de l'appartement qu'enveloppée de la tête aux pieds dans le niqab cher aux intégristes. Pour l'y forcer, il n'avait pas hésité à recourir au chantage affectif :

– Je veux que ma mère soit respectée. Pour ça, elle doit être respectable ! Sinon, elle n'est plus ma mère et je m'en irai d'ici pour toujours : tu ne me reverras plus jamais !

Totalement dépassée par le tour qu'avait pris son existence, la pauvre femme avait cédé à son fils. Mais ce qui était pour elle un asservissement, Najat y avait vu, pour son propre compte, une « porte de sortie » inespérée.

Il lui fallait juste attendre son heure… Elle avait dix-sept ans et neuf mois : ce ne serait plus bien long…

Le jour même de ses 18 ans, elle se trouva seule pour l'après-midi dans l'appartement familial. Depuis un an maintenant, elle se montrait tellement amorphe que Farid avait renoncé à exercer sur elle la moindre surveillance, persuadé que sa sœur était définitivement domptée et que jamais plus elle ne chercherait à lui échapper.

Pour endormir encore plus sa méfiance, Najat avait eu soin d'affirmer souvent à sa mère – sachant qu'elle le répéterait à Farid – qu'elle refuserait toujours de quitter l'appartement, que jamais elle ne supporterait que quiconque voie son visage atrocement mutilé.

Donc, interprétant comme un signe favorable le fait d'être livrée à elle-même *précisément* le jour où elle devenait majeure, Najat avait empli un sac de vêtements, subtilisé l'un des trois *niqab* dans lesquels sa mère devait s'enfouir pour pouvoir affronter le monde extérieur : avec ça, elle pourrait désormais dissimuler son visage défiguré à tous les regards.

Ensuite, Najat s'était glissée dans la chambre de son frère et avait pris, dans l'un de ses tiroirs, la boîte métallique où elle savait qu'il serrait l'argent qu'il ramenait à la maison périodiquement – argent dont elle avait toujours préféré ne pas savoir de quels trafics il provenait…

Elle y trouva 16 500 Euro, qu'elle empocha sans le moindre état d'âme, avec au contraire une grande satisfaction : cette somme plutôt coquette allait lui permettre de démarrer sa nouvelle existence, à Paris.

Elle avait sentit son cœur bondir dans sa poitrine, lorsque ses yeux s'étaient posés sur le rasoir à manche de corne dont son frère s'était servi pour lui taillader le visage, un an plus tôt. Ses doigts s'étaient refermés dessus.

À cet instant précis, elle s'était fait un serment solennel : cet instrument qui avait détruit sa vie serait aussi celui de sa vengeance, le moment venu.

Najat avait quitté l'appartement, certaine qu'elle n'y remettrait plus jamais les pieds. Elle s'était loué une chambre minable dans le XVIIIe arrondissement. Son premier achat avait été un petit ordinateur portable, à la FNAC des Ternes. Ainsi qu'un abonnement à Internet.

Celui avec lequel elle comptait « lever » les hommes qui allaient lui permettre de vivre.

C'est sans le moindre problème de conscience que Najat s'était résolue à se prostituer pour vivre : quelque chose était mort en elle, de nombreux verrous avaient sauté. Une seule chose comptait désormais : se donner les moyens d'accomplir enfin sa vengeance.

La seule piste dont Najat disposait désormais pour retrouver son frère et Constantin Franquet était le nom d'un grand bar-brasserie où elle savait qu'ils se retrouvaient régulièrement : *Le Canon de Clichy*.

Durant des mois, elle les y avait épiés, bien à l'abri derrière le *niqab* volé à sa mère. Durant des mois, elle les avait suivis, tantôt l'un, tantôt l'autre, pour tout connaître de leurs habitudes, des endroits qu'ils fréquentaient, etc.

C'est après les avoir vus plusieurs fois, l'un et l'autre mais toujours séparément, pénétrer au Suçodrome, qu'elle avait commencé à entrevoir le moyen de sa vengeance.

Il lui avait encore fallu des semaines pour arriver à comprendre, ou plutôt à deviner, sur quoi pouvait ouvrir cette mystérieuse porte. Mais, à force de voir des hommes y entrer furtivement, toujours seuls, et de jeunes femmes en sortir, elle avait fini par comprendre qu'il devait s'agir d'une sorte de bordel clandestin, quelque chose comme ça.

Elle s'était alors dit qu'il lui fallait absolument nouer des relations personnelles avec l'une des filles qui semblaient «travailler» derrière cette porte.

Son dévolu s'était jeté sur Sandra Muckiewicz, parce qu'elle avait un visage sympathique, et aussi parce qu'elle faisait de longues pauses au café voisin, où il était plus facile d'entrer en contact avec elle.

Cela avait encore pris plusieurs semaines, mais le contact s'était établi au-delà des espérances de Najat. Avec l'instinct que les filles ont de ces choses-là, elle n'avait pas été longue à s'apercevoir que Sandra éprouvait bien plus que de la sympathie pour elle.

Un soir, alors que celle-ci l'en priait depuis des

semaines, Najat avait accepté d'aller dîner dans le petit deux-pièces minable que Sandra occupait, rue de Douai. Là, en quelque sorte pour la mettre à l'épreuve, Najat avait dévoilé son visage martyr à sa nouvelle amie.

Elle avait été d'abord totalement décontenancée par la réaction de celle-ci. Au lieu du dégoût qu'elle s'attendait à lire dans les yeux de Sandra, elle avait eu droit à une véritable déclaration d'amour passionnée.

Mais elle avait été encore bien plus stupéfaite de sa propre réaction. Car, une heure plus tard, entièrement nues, les deux jeunes femmes roulaient ensemble sur le lit, emportées par une véritable frénésie sexuelle.

Moins de quinze jours plus tard, encore sonnée par ce qui lui arrivait, par ces penchants lesbiens qu'elle découvrait en elle, Najat s'installait chez Sandra, laquelle, en retour, la faisait embaucher comme femme de ménage par Bedros Ghedarian, au *Sex-à-Piles*.

Non sans lui avoir auparavant révélé l'existence du Suçodrome, ce qu'elle y faisait, et lui avoir expliqué son fonctionnement de fond en comble.

Najat avait attendu encore six mois – elle voulait être totalement sûre de son pouvoir sur elle – pour révéler toute son histoire à Sandra. Et, comme elle s'y attendait, comme elle l'espérait, celle-ci, plus amoureuse que jamais, avait totalement épousé sa cause et avait solennellement juré de tout faire pour que son amante puisse assouvir son désir de vengeance. Et elle avait amplement tenu parole…

À présent, dans le grand entrepôt désert et sombre, face à son frère, Najat Oujdah se trouvait enfin sur le point de se libérer (du moins elle l'espérait) de ce qui l'oppressait depuis trois ans. D'une voix toujours aussi calme, comme détachée de tout, elle répéta sa question :

– Vraiment, Farid, tu ne sais pas qui je suis ? Ma voix ne te dit vraiment rien ?

Et, tout en parlant – d'une seule main parce que l'autre tenait toujours la grosse cloueuse –, elle entreprit de défaire le voile qui masquait son visage.

Les yeux de son frère s'agrandirent sous l'effet d'une sorte de terreur superstitieuse, lorsqu'il découvrit enfin le visage mutilé qui se trouvait à moins de deux mètres devant lui.

– Najat ! souffla-t-il, oubliant la douleur qui lui vrillait les pieds, tant sa stupéfaction était intense.

– Ne m'appelle pas comme ça ! lui intima-t-elle sèchement. Najat est morte ! Et c'est toi qui l'as tuée, il y a trois ans ! Ce que tu vois devant toi, c'est un fantôme, rien de plus… Mais il est remonté des enfers pour t'y expédier !

Comme s'il avait compris qu'il n'avait plus rien à

espérer, Farid se décomposait à toute vitesse. La terreur animale, abjecte qui s'était emparée de lui le rendait presque écœurant à contempler, et Najat eut une moue de dégoût – mais son regard ne se détourna pas.

Il eut tout de même la force de balbutier lamentablement, en joignant les mains en une sorte de prière :

– Najat, tu ne peux pas faire ça ! Réfléchis ! Je suis quand même ton frère !

Ce disant, il signa sans le savoir son arrêt de mort. Quelques secondes plus tôt, Najat avait commencé de sentir que sa résolution faiblissait, maintenant qu'elle se trouvait en face de Farid. Le visage de leur mère était apparu devant ses yeux, et elle avait senti sa main prête à lâcher son arme.

Mais lorsque Farid invoqua leur « fraternité », elle sentit toute sa rage froide l'envahir de nouveau, avec une puissance peut-être encore jamais atteinte.

– Je n'ai pas de frère… se contenta-t-elle de dire, d'une voix quasi sépulcrale.

Puis, elle fit un pas en avant et leva le bras. Paralysé par la terreur qui l'emprisonnait tout entier comme un bloc de glace, Farid n'eut même pas le réflexe d'utiliser ses deux bras restés libres pour tenter de se défendre ou, au moins de se protéger, lorsque la cloueuse entra en contact avec son œil droit.

La dernière chose qu'il entendit en ce monde fut le claquement sec de la poignée métallique sur laquelle Najat venait d'appuyer de toute sa force.

L'œil et le cerveau transpercés par le gros clou projeté à pleine puissance, il mourut instantanément.

Najat fit un saut de côté pour éviter le giclement du sang, mêlé à l'humeur vitreuse de la cornée explosée.

Lorsque son frère s'écroula en arrière, elle n'éprouva aucune émotion particulière en voyant les gros clous qui le fixaient au sol arracher les chairs et les tendons de ses pieds.

Elle tressaillit violemment lorsque les deux mains de Sandra, arrivée sans un bruit dans son dos, se posèrent sur ses épaules pour l'attirer contre elle.

– C'est fini, maintenant, mon amour… murmura la blonde tout près de son oreille. Il faut partir d'ici… Viens… On rentre à la maison… Tout est fini…

Comme si la voix de son amante la ramenait brusquement dans le monde réel, Najat se retourna vivement vers elle, se jeta contre son corps et éclata en sanglots.

Des sanglots qui n'exprimaient aucun chagrin, aucun remords. Juste un intense soulagement, auquel se mêlait inextricablement un terrible désespoir.

Chapitre X

Boris Corentin avait la main sur la poignée de la porte du bureau des Affaires recommandées, lorsqu'il entendit l'un des cinq téléphones se mettre à sonner. Il était tout juste huit heures du matin. Il ouvrit la porte : c'était le sien.

– Commandant Corentin, j'écoute… Ah, c'est vous, patron ! Très bien, j'arrive tout de suite !

« Toujours aussi matinal, le patron ! songea-t-il en prenant tout de même le temps de se défaire de son blouson de toile. À se demander s'il ne couche pas ici… »

Deux minutes plus tard il poussait la double porte capitonnée du bureau de Charlie Badolini. Qui, au téléphone, lui fit signe d'approcher d'un geste impatient.

Boris prit l'un des deux fauteuils et attendit patiemment la fin de la communication – qui ne tarda pas.

– On a du nouveau ! claironna le commissaire divisionnaire dès qu'il eut raccroché. Vers six heures ce matin, deux clochards ont trouvé un cadavre dans un entrepôt désaffecté du XVIIIe. Le type avait eu les deux pieds fixés au sol par deux gros clous de tapissier et il s'en est pris un troisième dans l'œil droit. Qui lui a été fatal.

– Comme dans *Millenium*, alors ? fit Corentin, brusquement très intéressé.

– Comme dans quoi ? demanda Badolini qui, visiblement, n'avait jamais entendu parler du best-seller suédois.

– Non, rien, laissez, patron… Donc, une amorce de crucifixion dans le XVIIIe…

– Le mort s'appelle Farid Oujdah, laissa tomber Charlie Badolini, en même temps qu'une grosse cendre de cigarette sur le revers de son éternel costume bleu pétrole.

Sous le coup de l'excitation, Boris Corentin ne put s'empêcher de jaillir hors de son fauteuil, faisant légèrement sursauter le commissaire divisionnaire.

– Oujdah ! l'ami de Constantin Franchet ! s'exclama-t-il, en se mettant à faire les cent pas devant le bureau. Cette fois, j'en suis certain : tout est lié !

– Ce serait trop vous demander que d'être un peu plus clair ? hasarda Charlie Badolini.

Boris Corentin se planta devant lui, penché en avant, les deux poings plantés sur le bureau :

– Je suis persuadé que tout tourne autour de la

sœur de ce Oujdah, Najat, celle qui devait également se marier avec Constantin Franchet ! Najat qui a d'abord disparu, puis est réapparue défigurée...

À ce moment, Corentin réalisa qu'il n'avait pas encore fait de rapport verbal au commissaire divisionnaire, concernant les derniers développements de l'affaire, et que celui-ci ne comprenait vraisemblablement rien – ou très peu – à ce qu'il était en train de lui dire.

– Excusez-moi, patron, fit-il en se rasseyant dans son fauteuil. Il y a des choses que vous ne savez pas encore, parce qu'elles ne datent que d'hier soir...

Et, rapidement, il expliqua à Badolini tout ce qu'ils avaient pu apprendre concernant les trois protagonistes de l'affaire, à savoir Constantin Franchet ainsi que le frère et la sœur Oujdah, et leurs rapports entre eux.

– Et vous pensez que ce double meurtre pourrait avoir une origine disons... familiale ? demanda le commissaire divisionnaire, lorsqu'il eut terminé.

– J'en suis presque certain ! répondit Boris Corentin avec force. Tout doit tourner autour de cette mystérieuse Najat, que nous n'avons malheureusement pas pu rencontrer hier soir, Géraldine et moi.

Charlie Badolini prit le temps de la réflexion, avant de dire finalement :

– Oui, il est bien possible que vous ayez raison.

Dans ce cas, il va vous falloir une commission rogatoire pour entendre cette Najat Oujdah. Je passe un coup de fil au bureau de Coméliau pour le mettre au courant dans les grandes lignes et le prévenir de votre arrivée.

Philippe Coméliau était l'un des juges d'Instruction avec lesquels ils avaient coutume de travailler. Et pas toujours le plus « coulant » lorsqu'il s'agissait de délivrer la fameuse commission rogatoire sans laquelle rien de vraiment sérieux ne pouvait se faire, passé un certain stade de l'enquête.

– Merci, patron, répondit Boris Corentin. En attendant, je vais voir si mes deux acolytes sont arrivés.

En arrivant aux Affaires recommandées, il tomba nez à nez avec Géraldine Hébert et Bertrand du Saguenay, qui débouchaient ensemble au haut du grand escalier.

– Ah ! vous tombez bien, tous les deux : on a du nouveau ! Entrez, je vous mets au courant…

Une fois dans le bureau, Corentin leur expliqua en deux mots ce qu'il venait d'apprendre de Charlie Badolini.

– Par le scandale de la Croix ! s'exclama du Saguenay, lorsqu'ils apprirent la manière dont été mort Farid Oujdah. C'est vraiment horrible !

– Il ne souffre plus… le consola gentiment Géraldine, avec une petite pointe d'ironie. Bon, qu'est-ce qu'on fait, Grand chef, en attendant la CI[1] ?

– On est plus ou moins coincés ici, justement… soupira Boris Corentin. Cela dit, on n'est pas obligé de l'attendre à trois, cette bon Dieu de CI…

Il se tourna vers Bertrand du Saguenay :

– J'ai une mission délicate pour toi.

– Par la poussière du chemin de Damas, je suis prêt ! De quoi s'agit-il, commandant ?

– En attendant qu'on ait notre commission rogatoire, je n'aimerais pas que Najat Oujdah nous file entre les doigts, répondit Boris. Donc, tu vas te rendre là où elle habite, tâcher de t'assurer qu'elle est bien chez elle, mais sans te faire trop repérer. Ensuite, tu te postes pas trop loin de l'immeuble et, si elle sort, tu la suis *et tu ne la lâches plus* ! On reste en contact par portable…

– Par les ailes de la colombe de l'Arche, c'est comme si c'était fait ! s'exclama avec fougue du Saguenay en bondissant sur ses pieds et filant vers la porte.

– Tu as l'adresse ? demanda négligemment Géraldine, avec un petit sourire attendri.

L'impétueux futur commissaire fut stoppé net dans son élan.

– Euh… non, c'est vrai… reconnut-il en rougissant jusqu'aux oreilles. Mais j'y aurais sûrement pensé une fois en bas de l'escalier, je me connais…

1. Commission rogatoire.

– Bien sûr ! Tiens, et tâche de ne pas la perdre… fit Géraldine en lui tendant un *post it* rose.

Bertrand du Saguenay disparut du bureau sans ajouter un mot, visiblement penaud.

– Tu crois qu'il va assurer, Grand chef ? demanda Géraldine quand il fut sorti.

– Oui, je crois : je le crois beaucoup moins « tête en l'air » que l'impression qu'il donne. Et puis, s'il perd Najat, ce ne sera pas si grave : une fille défigurée qui ne circule qu'en *niqab*, ça ne devrait pas être trop difficile à retrouver…

*

* *

Bertrand du Saguenay consulta discrètement sa montre pour la sixième fois en un quart d'heure et poussa un petit soupir. Il commençait à en avoir un peu marre de faire semblant de lire *Libération* sous sa porte cochère. Ça faisait tout de même presque trois-quarts d'heure qu'il faisait le pied de rue au milieu de la rue de Douai…

Sa mission avait bien commencé, pourtant. Parvenu à l'adresse fournie par Géraldine Hébert, il était entré dans l'immeuble, avait remonté le couloir avec les prudences d'un Sioux. Puis, il s'était engagé dans la cour avec les précautions de toute une tribu de Sioux. Le cœur battant, il s'était risqué du côté gauche, en rasant le mur noirci… tout en prenant garde de ne pas y frotter son costume.

Son initiative avait été récompensée : il avait pu constater que, dans l'ancien atelier réhabilité, les deux fenêtres étaient éclairées. Mieux, au bout de quelques minutes d'observation immobile, il put distinguer *deux* silhouettes derrière les voilages, qui lui parurent indubitablement féminines.

Donc, Najat Oujdah était « au nid ». Il n'avait plus qu'à ressortir et à prendre la planque. Ce qu'il faisait depuis presque une heure maintenant.

Las de faire semblant de lire en guettant l'immeuble, il avait fini par se plonger dans la lecture d'un passionnant article consacré au tout nouveau musée des arts dits « premiers ». Si bien qu'il faillit rater la sortie d'immeuble de Najat Oujdah et de Sandra Muckiewicz.

Lorsqu'il s'en avisa, les deux filles marchaient déjà vers le boulevard de Clichy. Du Saguenay plia en hâte son journal et leur emboîta le pas, en gardant ses distances.

Sur le boulevard lui-même, la filature devint plus facile car, bien qu'il ne fût qu'un peu plus de neuf heures, les piétons y étaient nombreux.

Au bout d'une centaine de mètres, il vit les deux filles s'arrêter devant le rideau métallique baissé d'un sex-shop, et il sentit une certaine excitation le gagner en lisant son nom sur l'enseigne éteinte.

Le *Sex-à-Piles*: là où travaillait la fille voilée!

Du Saguenay s'attendait à ce que les deux colocataires se séparent ici et que la blonde ne s'éloigne. En même temps, il était un peu surpris que Najat Oujdah arrive sur son lieu de travail *avant* l'ouverture de celui-ci.

Il le fut encore plus, surpris, lorsque les deux filles reprirent leur chemin ensemble, et tournèrent le coin de la petite rue suivante. Coin que du Saguenay s'empressa de rejoindre à son tour. Il risqua prudemment un œil au-delà de l'arête du mur. Juste à temps pour voir Najat et Sandra disparaître à l'intérieur de l'un des immeubles.

Il laissa prudemment passer quelques secondes, avant d'aller examiner la porte par où elles étaient entrées. C'était une porte en bois tout à fait ordinaire, plutôt mal en point même, nantie d'une sonnette métallique qui avait l'air neuve, elle, encastrée dans un support triangulaire.

Ce détail parut bizarre à Bertrand, qui, du coup, observa la porte avec plus d'attention. Il aperçut rapidement, entre deux planches de bois légèrement disjointes, une étroite bande de métal gris.

« Une porte blindée! songea-t-il, surpris. Mais pourquoi laisser ces planches pourries quand on a les moyens de se payer une porte blindée? C'est bizarre... »

Bertrand du Saguenay faillit empoigner son téléphone pour appeler Géraldine Hébert qui, au bureau, assurait la coordination de leur petit groupe, Boris Corentin devant être occupé à batailler chez le juge Coméliau.

Finalement, il se ravisa: c'était sa mission, il devait la mener jusqu'au bout. Seul.

Il parcourut quelques mètres pour ne pas rester juste devant la porte, appuya négligemment ses fesses sur le capot d'une voiture à l'arrêt et redéplia son exemplaire de *Libé*...

*

* *

De sa démarche quelque peu dindonnante, Niccolò Ludeacci tourna le coin du boulevard de Clichy pour s'engager dans la petite rue rectiligne, déserte à cette heure de la matinée. De toute façon, quelles que soient les heures où il venait ici – et elles étaient nombreuses –, il n'y avait jamais grand-monde. Ce qui était heureux car le cadre supérieur qu'il était (dans une grande banque nationalisée pas encore en faillite) aurait diversement apprécié qu'une foule nombreuse et variée pût le voir pénétrer au Suçodrome.

Parvenu à quelques mètres de la porte, Niccolò Ludeacci s'arrêta pour allumer une cigarette, comme il le faisait à chaque fois: ça lui donnait le temps de vérifier qu'aucun de ses subordonnés ne se trouvait là par un malencontreux hasard. Machinalement, il vérifia la bonne tenue du nœud de sa cravate – après mainte hésitation, il avait choisi la jaune citron ornée d'une multitude de petits pingouins montés sur des skis et coiffés de bonnets rouges : très seyante, décorative tout en restant de bon goût. Il passa la main dans la masse de ses cheveux frisés, qui le faisaient ressembler à Simon & Garfunkel, mais sans Simon. On pouvait aussi penser que Simon s'était réfugié *à l'intérieur* de Garfunkel, si l'on en jugeait à la proéminence de sa bedaine béruréenne, qui lui servait de cache-ceinture.

Niccolò Ludeacci ne tira que quelques bouffées de sa cigarette, trop impatient d'entrer au Suçodrome. Chaque fois, au moment d'entrer, il bénissait le jour, un an auparavant, où son ami Desiderio Gusto, journaliste considérablement alcoolique et néanmoins charmant, lui avait appris l'existence de ce lieu de délices tarifées et lui en avait indiqué les modalités d'accès. Depuis, il venait là au moins une fois par semaine, en général le mardi. Comme c'était un garçon posé, pour ne pas dire méticuleux, il avait soin d'alterner rigoureusement ses plaisirs : une fois le manuel à vingt euros, une fois le lingual à cinquante.

Mais, en raison d'une expérience malheureuse, il y venait toujours seul. Une fois, il avait entraîné au

Suçodrome son ami sénégalais Fabien N'Golo et il l'avait bien regretté : sous prétexte qu'aucun des *glory holes* n'était assez large pour qu'il y introduisît son « bois bandé », comme il disait, N'Golo avait commencé par faire un foin de cent mille diables, manqué défoncer la cloison à coups de mandrin, avant d'exiger de Ludeacci le remboursement de ses vingt euros, plus trois bières gratuites au comptoir de *L'Astronef*, leur bistrot favori. Une expérience éprouvante.

Niccolò Ludeacci jeta un dernier coup d'œil à droite et à gauche. En dehors d'un type occupé à lire *Libé*, le cul sur un capot de voiture, il n'y avait personne dans la rue. Il approcha son index boudiné de la sonnette, avec un commencement de trémulation pénienne au fond de son pantalon de tergal…

*

* *

Bertrand du Saguenay abaissa lentement son journal, de façon à pouvoir voir par-dessus, mais sans se faire repérer. À environ cinq ou six mètres de lui, le gros frisé à la cravate ridicule approchait son doigt du bouton de la sonnette. Les yeux douloureux à force de fixité, Bertrand le vit l'enfoncer trois fois brièvement, puis deux autres plus prolongées.

« Un code ! », songea-t-il, tout excité.

Il n'avait plus qu'à attendre que la voie soit libre pour pouvoir aller jeter un petit coup d'œil à l'intérieur, de l'autre côté de cette étrange porte, vermoulue sur une face, blindée de l'autre. C'était décidément bien excitant...

Du Saguenay laissa passer une minute ou deux – qui lui parurent interminables – avant de s'approcher à son tour de la porte en question. Le cœur battant un peu vite, il enfonça le bouton de la sonnette comme il avait vu le gros frisé le faire, d'abord trois coups brefs, puis deux plus longs.

Presque aussitôt, la serrure se déclencha avec un claquement sec et métallique. Après une ultime hésitation, Bertrand s'engagea dans le couloir un peu sombre et rectiligne. Il négligea l'escalier qui se trouvait juste à sa gauche en entrant et qui, jugea-t-il, ne devait mener qu'à de simples appartements, ainsi que les boîtes aux lettres plus ou moins défoncées semblaient l'attester.

Or, quelque chose lui disait que ce n'était pas une simple visite d'agrément à un particulier que les deux filles, puis le frisé, étaient venues faire ici.

« Ce serait ça, le fameux instinct du policier d'élite ? songea-t-il, en se redressant machinalement. Par la sagesse du roi Salomon, ce serait beau ! »

Du Saguenay déchanta quelque peu lorsque, au

bout du couloir, il déboucha dans une petite cour sombre et malodorante, qui semblait n'avoir d'autre utilité que de servir de local à poubelles à ciel ouvert.

Il allait faire demi-tour, dépité, lorsqu'il repéra, sur la droite, une autre porte, apparemment neuve. Et, surtout, la sonnette encastrée dans un support triangulaire : la même qui se trouvait près de la première porte qu'il venait de franchir.

Il allait se diriger vers elle, lorsqu'une idée lui traversa l'esprit et il s'immobilisa, les yeux mi-clos, l'esprit tendu, tentant de se repérer dans l'espace. Au bout de quelques secondes, un petit sourire de satisfaction distendit brièvement ses lèvres minces et pâles.

C'était bien ça ! Il était certain de ne pas se tromper : vu le chemin qu'il avait suivi depuis le boulevard de Clichy, cette porte ne pouvait donner que sur l'arrière du *Sex-à-Piles* ! Ce qui expliquait que les deux filles s'y soient engouffrées.

Restait à savoir si le code de cette seconde sonnette était le même que celui de celle donnant de la rue. On allait le vérifier très vite…

Effectivement, la porte s'ouvrit sans difficulté, lorsque Bertrand eut enfoncé cinq fois le bouton cuivré. Il sut alors que son « instinct » ni son sens de l'orientation ne l'avait trompé. Car, derrière la porte, se profilait un couloir aux murs moquettés, éclairé par trois néons de couleurs fluo: une ambiance tout à fait «sex shop», jugea-t-il.

Le jeune stagiaire s'avança jusqu'à la porte du fond. Il abaissa précautionneusement la poignée... et dut constater que c'était fermé à clé. Et, là, pas de sonnette, donc pas de code secret à composer...

Il fit demi-tour, nettement désappointé, et s'apprêtait à ressortir lorsque, au milieu du couloir, il avisa l'escalier qui descendait au sous-sol, escalier qu'il n'avait pas remarqué lors de son premier passage.

Tout était silencieux, aucun bruit ne filtrait de nulle part, c'en était presque inquiétant.

Après s'être demandé rapidement s'il ne ferait pas mieux de téléphoner à Géraldine Hébert, Bertrand du Saguenay s'engagea dans l'escalier en question. Après tout, c'était la mission que lui avait confiée Boris Corentin: ne pas perdre Najat Oujdah de vue. Donc, il devait aller au bout.

En bas des marches, il déboucha dans une pièce de modestes dimensions. Les trois fauteuils râpés alignés contre le mur de droite lui évoquèrent une salle d'attente.

En face de lui il y avait deux portes, chacune surmontée d'un cartouche lumineux. Au-dessus de la porte de gauche, le voyant était rouge; l'autre, à droite, était éteint.

Bertrand du Saguenay en était à se demander ce

que tout cela signifiait, lorsque le voyant éteint s'alluma – en vert, lui, contrairement à l'autre.

« En principe, d'après les codes internationaux plus ou moins en vigueur, rouge signifie que c'est interdit et vert qu'on peut y aller, raisonna-t-il. Après tout, qu'est-ce que je risque ? C'est tout de même bizarre, cet endroit… »

D'un geste un peu moins ferme qu'il ne l'aurait voulu, Bertrand du Saguenay ouvrit la porte au cartouche vert. Il se retrouva dans une sorte de grande cabine, surchauffée, à l'atmosphère confinée, à l'odeur bizarre. Elle ne comportait qu'une chaise pour tout mobilier.

Le regard de du Saguenay fut attiré par plusieurs choses bizarres. D'abord les deux poignées de plastique fixées au mur, à peu près à la hauteur d'une tête d'homme de taille moyenne. Puis, l'espèce de caisse métallique fixée elle aussi au mur, mais plus bas, et munie d'une fente sur le dessus.

Enfin, et surtout, les trois trous circulaires et superposés pratiquée dans la cloison elle-même.

Où était-il tombé ? Qu'est-ce que c'était que ce cirque étrange ? À quoi tout cela rimait-il ?

Il en était là de ses réflexions, lorsqu'une voix féminine, douce mais où perçait une pointe d'impatience, vint frapper ses tympans, le faisant sursauter :

– Tu te décides, mon chéri d'amour ? On n'a pas

toute la matinée, tu sais ! Allez, ne fais pas ton grand timide, c'est par ici que ça se passe…

Au même moment, il vit apparaître, par le trou du milieu, un doigt féminin, à la peau délicatement cuivrée. D'un coup, il sentit son visage devenir rouge et brûlant.

Car il venait de comprendre où il était, les pièces du puzzle – poignées, monnayeur, trous dans la cloison – venaient de se mettre en place dans son esprit. Du reste, l'inscription à côté du monnayeur ne laissait aucun doute.

À côté d'une petite main stylisée était indiqué « 20 € » ; en dessous, une paire de lèvres pulpeuses était accompagnée de la mention « 50 € »…

Il s'approcha encore, pour voir si son intuition se confirmait. Mais oui, c'était bien ça ! Des hommes venaient ici, comme le gros frisé, qui devait occuper en ce moment même la cabine au voyant rouge, pour se faire… Ils payaient puis, accrochés aux poignées, ils introduisaient leur… leur…

Bertrand du Saguenay eut une moue de dégoût. « Quelle misère ! songea-t-il. Comment peut-on tomber si bas ? Se livrer à de telles pratiques ? »

Mais, dans le même temps, il prit conscience de deux choses absolument stupéfiantes :

1) son sexe était désormais en pleine érection ;

2) il venait, sans même en avoir conscience, de tirer son portefeuille de sa poche, pour en extraire

fébrilement un billet de vingt euros.

Qu'il glissa aussitôt dans la fente du monnayeur, l'esprit en complète surchauffe, incapable de continuer à penser de façon raisonnable, structurée.

– À la bonne heure ! murmura la voix féminine et tentatrice, juste de l'autre côté de la mince cloison. Allez, viens, maintenant : je vais bien m'occuper de toi…

Mais Bertrand du Saguenay n'avait déjà plus besoin d'encouragement. Son cerveau s'était mis en roue libre et c'est son sexe qui avait pris le commandement de tout son être, comme par un coup d'État.

Pantalon aux chevilles, slip descendu jusqu'à mi-cuisses, les yeux fous et quasiment aveugles, du Saguenay saisit les deux poignées de plastique et introduisit son membre dressé dans le *glory hole* du milieu.

Il se crut au paradis lorsqu'une main douce se referma autour de sa verge palpitante et entreprit de la caresser lentement, afin de lui faire obtenir toute sa raideur.

Bertrand du Saguenay eut encore la force de se dire qu'il était en train de sombrer dans le péché le plus ignoble, de basculer du côté obscur de la force.

Mais cette pensée ne suffisait pas à le faire débander, loin de là. D'autant que, de l'autre côté de la cloison, la main anonyme se faisait plus enveloppante, plus ferme, plus rapide, plus précise dans ses manipulations.

Bertrand du Saguenay fut surpris de la rapidité avec laquelle l'orgasme lui fondit dessus. Il s'entendit pousser un long feulement rauque, absurdement bestial à ses propres oreilles, tandis qu'il jaillissait dans la main inconnue.

Il se rhabilla en titubant, le regard hébété, le sang à la tête, autant à cause du plaisir qu'il venait de prendre que de la honte qui commençait de l'envahir.

En y repensant, dans les heures et les jours suivants, il n'allait plus jamais être capable de se souvenir comment il était ressorti de cet « enfer » ni pourquoi il s'était retrouvé boulevard de Clichy, juste devant l'entrée du *Sex-à-Piles*, qui était à présent ouvert.

Malgré son agitation, il eut quand même le bon réflexe de pousser le lourd rideau rouge pour jeter un coup d'œil à l'intérieur. Il tomba quasiment nez à nez avec la jeune femme de ménage entièrement voilée, qui était occupée à nettoyer le petit comptoir d'accueil.

« Heureusement qu'elle ne me connaît pas ! » songea-t-il en battant en retraite vers l'extérieur.

D'une démarche de somnambule, il traversa le boulevard et s'engouffra dans le bar-tabac qui se trouvait juste en face du *sex shop*. Il s'entendit commander un cognac, qu'il avala quasiment cul sec, sous l'œil morne et indifférent de la serveuse au teint blafard et aux mèches blondes pendantes.

L'alcool – auquel il était peu habitué – lui donna un coup de fouet salutaire, et son cerveau se remit plus ou moins en ordre de marche. Capable, en tout cas, de produire une quantité suffisante de mauvaise foi masculine.

« Après tout, il fallait bien que je sache de quoi il retournait, se morigéna-t-il très sérieusement. Je n'ai fait que mener mon travail jusqu'à sa conclusion logique… »

Même s'il se rendait compte que son plaidoyer *pro domo* était limite, Bertrand du Saguenay se sentit un peu mieux. Il empoigna son téléphone et enfonça la touche mémoire qui correspondait au bureau de Géraldine Hébert. Il fut un peu désarçonné de tomber sur Boris Corentin.

Il lui résuma rapidement, d'une voix hachée, ce qui s'était passé depuis son départ du 36, en omettant soigneusement la dernière partie de son « enquête ».

– Bon, tu restes en planque au cas où Najat Oujdah ressortirait, ce qui serait surprenant, lui ordonna Corentin. On te rejoint dès que possible : on a un truc à faire avant, Géraldine et moi, mais ce ne sera pas bien long.

Chapitre XI

– Évidemment, comme ça, à première vue, l'endroit est assez peu riant… fit observer Géraldine Hébert, cependant que Boris Corentin et elle passaient le barrage de police interdisant l'accès au chantier.

– L'ancien entrepôt est tout au fond, commandant… leur signala l'un des trois policiers en uniforme, avec une rapide ébauche de salut.

L'entrepôt en question était en proie à une agitation telle qu'il ne devait pas en avoir connu depuis un long moment, à en juger par son état de délabrement.

Boris et Géraldine le traversèrent en diagonale, jusqu'au groupe humain le plus dense. Un peu partout, à partir de ce centre compact, rayonnaient les gars de la police scientifique, occupés à déceler puis à récupérer tout ce qui pourrait servir d'indice par la suite.

Au moment où ils parvenaient au centre du grand hangar, le petit groupe s'écarta vaguement, s'ouvrit comme une fleur, et la silhouette replète du docteur

Flutiaux apparut.

– Décidément, vous êtes sur tous les bons coups ! dit-il en reconnaissant les deux inspecteurs de la Brigade mondaine. Et votre jeune stagiaire, ce jeune homme au parler si fleuri, vous en avez fait quoi ? Il s'est suicidé de désespoir, quand il a compris où il était tombé ?

Autour d'eux, les policiers du XVIIIe arrondissement, arrivés les premiers sur les lieux, ne savaient pas trop s'ils devaient rire des plaisanteries du médecin légiste, ou bien faire semblant de ne pas les entendre, afin de ne pas froisser le célèbre commandant Boris Corentin.

– Toubib, je ne suis pas d'humeur, autant que vous le sachiez si vous voulez qu'on reste amis, soupira celui-ci, le visage impassible. Il est où, votre client ?

– Ici, tel qu'en lui-même l'éternité le change ! déclama Flutiaux, en écartant ses petits bras, afin d'ouvrir encore plus le cercle des policiers.

Géraldine Hébert fit une petite grimace. Le spectacle de Farid Oujdah, avec son œil explosé et ses deux pieds arrachés par les gros clous de tapissier n'était pas des plus agréables.

– Il y a certaines lectures qui devraient être interdites aux esprits faibles, dit paisiblement le médecin légiste, que « son » mort ne semblait pas du tout impressionner.

Il faisait évidemment référence à *Millenium* et à la façon dont Oujdah avait été tué.

– Vos gars ont trouvé quelque chose ? demanda Corentin en s'adressant au jeune homme blond et mince qui venait de se présenter à lui comme le lieutenant Fabien Trillet.

– J'allais vous en parler, répondit le jeune lieutenant. Il y avait ça, par terre, derrière ce pilier, là…

Il tendait à Boris Corentin un petit sac de plastique transparent contenant un objet oblong d'une quinzaine de centimètres.

– C'est quoi ? voulut savoir Géraldine Hébert, qui se trouvait derrière lui.

Boris Corentin se retourna et lui brandit sous le nez le sac de plastique, avec un regard significatif.

– Un rasoir ! s'exclama la jeune femme en sourdine. Comme celui qui…

Elle voulait dire : « Comme celui qui a servi à trancher le sexe de Constantin Franchet. » Mais, au regard de Corentin, elle comprit que ce n'était pas nécessaire de préciser sa pensée, puisque Boris l'avait eue également.

Celui-ci se retourna vers le médecin légiste et le responsable du groupe de l'Identité judiciaire :

– Il faut me faire parler ce rasoir le plus vite possible, messieurs ! dit-il d'un ton impérieux.

– Et de quoi souhaiteriez-vous qu'il nous entretînt ? s'enquit aimablement le docteur Flutiaux.

– Je veux savoir si, comme nous le pensons, Mademoiselle Hébert et moi-même, c'est bien lui qui a coupé le sexe de Constantin Franchet, répondit Corentin. À moins qu'il ait été très soigneusement nettoyé, je suppose que vous devez arriver à retrouver des micro-traces de sang sur la lame, le manche, l'encoche où se replie la lame… Enfin, bref : et comparer ce que vous aurez trouvé avec le sang de Franchet.

– Ça ne devrait pas être insurmontable, répondit placidement le policier de l'I.J. Je m'en occupe tout de suite, commandant. Je vous appelle dès que j'ai quelque chose.

En effet, il héla l'un de ses hommes et l'enjoignit de filer tout de suite au labo afin d'y passer le rasoir au « sérum de vérité », ainsi qu'il le dit lui-même.

Boris Corentin reporta son attention sur le docteur Flutiaux, accroupi devant le corps de Farid Oujdah :

– Quant à vous, toubib, je vous demande la priorité absolue pour cette affaire : il me faut absolument votre rapport d'autopsie, au moins verbal, avant deux heures de l'après-midi. On est d'accord ?

– Non, on n'est pas d'accord ! Mais comment résister à la force brutale et aveugle de la maréchaussée ? soupira comiquement le médecin légiste.

Il en fut pour ses frais : suivi par Géraldine

Hébert, Boris Corentin marchait déjà vers la sortie de l'entrepôt.

– On file rejoindre ce brave Bertrand ? s'enquit Géraldine, lorsqu'ils eurent rejoint leur voiture de service, un peu plus bas dans la rue.

– Tout juste ! confirma Corentin en s'installant au volant de la Mégane toute neuve.

– Par la courroie de transmission du char céleste, il va être content de nous voir ! rigola Géraldine, tandis que Corentin manœuvrait pour quitter son stationnement.

*

* *

En effet, dès qu'il aperçut ses deux collègues, Bertrand du Saguenay se leva de sa chaise avec tant de précipitation que celle-ci chut bruyamment sur le sol carrelé.

– Ah ! *cobandant* ! Euh… commandant, je suis bien aise que vous *arribiez*… arriviez enfin ! bafouilla-t-il, en roulant de gros yeux un peu vitreux.

– Ma parole, mais, par les vignes du Seigneur, t'es complètement schlass, mon pauvre Bertrand ! s'exclama joyeusement Géraldine, en découvrant le verre à cognac vide sur la petite table en faux marbre.

Boris Corentin, lui, se faisait la remarque que leur jeune stagiaire avait bien choisi son « poste de guet » : de là où il était installé, dans la grande vitrine du bar, il avait une vue imprenable sur la devanture du *Sex-à-Piles*, de l'autre côté du boulevard de Clichy.

Évidemment, il aurait sans doute été mieux avisé de carburer au café plutôt qu'au « pousse »...

– *Mademoiyelle*... Hem ! Mademoiselle Géraldine, par les deniers de Judas, c'est de la *camomille* ! De... De la calomnie ! s'indigna du Saguenay, tout en ramassant maladroitement sa chaise par terre.

Il se laissa tomber dessus. Puis, tout aussi brusquement, son visage s'affaissa, ses épaules également, et il eut l'air intensément malheureux.

– C'est vrai que le troisième était de *crop*... de trop, bafouilla-t-il d'une voix à peine audible. Mais il fallait bien que je me *damne*... me donne une contenance !

– Une contenance... presque égale à celle de ce verre ! fit Géraldine avec une ironie gentille.

– Bon, on ne va pas épiloguer cent sept ans là-dessus, trancha sèchement Corentin. Cela dit, l'alcool quand on est en planque, c'est n'importe quoi ! Tu mériterais que je te colle ça dans ton rapport de stage !

La menace parut faire dessaouler instantanément

Bertrand du Saguenay. Qui se redressa sur sa chaise et parvint à dire d'une voix presque nette :

– Ce serait mérité, commandant.

– Bon, parlons de choses intéressantes, éluda celui-ci, qui n'avait jamais eu l'intention de rien faire de tel. Où est-ce qu'on en est, côté Najat Oujdah ?

La question suffit à rendre à Bertrand du Saguenay toute sa lucidité, et il entreprit de raconter par le menu tout ce qui lui était arrivé, depuis son départ du domicile des deux filles jusqu'au moment où il avait vu le gros frisé pénétrer dans l'immeuble de la petite rue.

– Tu as eu le réflexe de mémoriser le code de la sonnette, bravo ! apprécia Géraldine Hébert, ce qui eut pour effet de le faire violemment rougir.

Ensuite, il leur décrivit tout ce qu'il avait découvert, au sous-sol du *sex shop*.

– D'où le coup des sonnettes à code, commenta Boris Corentin : ce truc est parfaitement illégal, ils prennent leurs précautions ! Et, ensuite, tu es donc remonté directement pour nous appeler, c'est ça ?

Géraldine et lui furent très surpris de voir leur jeune stagiaire devenir couleur tomate.

Puis la jeune femme éclata d'un rire bref et moqueur :

– Ne nous dis pas que tu as… consommé ? Par les vertiges de la chair, je le crois pas, ça !

Du Saguenay avait l'air si malheureux que Boris Corentin crut devoir voler à son secours :

– Ce n'est pas bien grave, va... Et puis, d'un point de vue strictement policier, il était bon de s'assurer qu'il s'agissait d'une activité délictueuse, non ?

– Ah, ça, quand il s'agit de vous soutenir entre vous, on trouve du monde ! s'exclama Géraldine. Non, franchement, les garçons, vous êtes graves, là !

Elle redevint sérieuse d'un coup :

– Est-ce que ça voudrait dire que cette Sandra Muckiewicz ferait la pute dans ce sous-sol ?

– Pas impossible, répondit Corentin.

– Mais quel rapport avec l'affaire qui nous occupe ? demanda alors Bertrand du Saguenay, ravi que l'on ne s'occupe plus trop de son cas personnel.

– Peut-être aucun, admit Boris de bonne grâce. Mais ça vaut le coup de s'en assurer, non ? Après tout, on a peut-être fait fausse route depuis le début...

– Qu'est-ce que tu veux dire, Grand chef ?

– Eh bien, ce truc clandestin, peut-être que Farid Oujdah et son copain Constantin en ont découvert l'existence par Najat qui travaille là, et qu'ils se sont mis dans la tête de faire chanter le patron, ou un truc comme ça...

– Oui, ça se tient, reconnut Géraldine Hébert, sans trop déborder d'enthousiasme pour autant.

– Mais, dans ce cas, pourquoi des exécutions aussi… spectaculaires ? demanda du Saguenay. Pourquoi attirer l'attention comme ça ?

Boris Corentin le regarda d'un œil appréciateur : il posait les bonnes questions, ce petit. Finirait peut-être par faire un excellent commissaire, après tout…

– En effet, tu as raison, ça ne colle pas trop, concéda-t-il sans difficulté, faisant de nouveau rosir le stagiaire.

Les trois policiers se turent quelques instants, chacun étant plongé dans des réflexions à peu près semblables à celles qui occupaient les deux autres.

– Vous désirez ? demanda soudain le vieux serveur qui venait de surgir près de leur table.

– Trois cafés… dont un double sans sucre pour ce jeune homme ! répondit Géraldine Hébert avec un large sourire qui fit renaître sa petite fossette.

Bertrand du Saguenay fit comme s'il n'avait pas compris l'allusion à ses trois cognac…

Au même moment, le portable de Boris Corentin se mit à sonner dans la poche de son blouson. Ayant pris la communication, il reconnut tout de suite la voix du responsable de l'équipe scientifique à qui, une heure plus tôt, il avait confié la mission de « faire parler » le rasoir à manche de corne retrouvé dans l'entrepôt désaffecté.

– Allô ! Oui, c'est moi… Ah ! parfait, je vous écoute… Très bien, je vous remercie, beau travail !

Lorsqu'il eut coupé la communication, ses yeux brillaient d'une excitation que Géraldine Hébert commençait à bien connaître : celle du fauve prédateur qui vient de flairer une piste toute fraîche.

– Les gars du labo ont bien trouvé des micro-traces de sang sur le rasoir, dit-il aux deux autres… et c'est bien celui de Constantin Franchet !

Chapitre XII

– Avedis, mon fils ! Si ça sonne en bas, tu n'ouvres pas : on est fermé jusqu'à cet après-midi…

Le jeune Arménien, à demi somnolent derrière le comptoir du *Sex-à-Piles*, releva les yeux vers son oncle :

– Ah bon ? Pourquoi ?

Bedros Ghedarian poussa un soupir agacé :

– Cesse de toujours vouloir savoir le pourquoi et le comment des choses ! Fais ce que je te dis, un point c'est tout !

Il se dirigea vers le petit couloir menant à son bureau et aux toilettes réservées au personnel, prenant soin d'en refermer la porte à clé derrière lui.

Une demi-heure plus tôt, Jennifer, la petite brune qui était censée occuper ce matin la deuxième cabine du suçodrome, lui avait téléphoné pour lui annoncer qu'elle était malade et qu'elle ne pourrait pas venir.

Bedros Ghedarian y avait vu une sorte de signe du ciel et, aussitôt, sa décision avait été prise :

puisque le hasard lui donnait les coudées franches, il allait faire parler Sandra et Najat une bonne fois. Pour en avoir le cœur net.

Car, depuis qu'il avait visionné les cassettes de ses caméras de surveillance, il n'avait plus aucun doute à ce sujet : pour lui, c'était à coup sûr sa femme de ménage voilée qui, pour une raison qui lui échappait encore, avait tué Constantin Franchet. Et il était presque aussi certain de la complicité de sa colocataire, Sandra Muckiewicz.

Après tout, elles vivaient ensemble, ces deux-là, et c'était bien la blonde qui avait insisté pour qu'il embauche l'autre… Il devait tirer tout ça au clair. Car Bedros Ghedarian, d'un naturel pacifique et arrangeant d'ordinaire, avait horreur qu'on le manipule. Là, il pouvait devenir très méchant. Surtout s'il se sentait menacé.

Et c'était le cas.

Arrivé en bas du petit escalier, il faillit pénétrer directement dans la cabine où officiait Sandra. Finalement, il se ravisa et poursuivit jusqu'à la porte de la petite salle où patientaient les clients du suçodrome.

Après tout, pourquoi ne pas profiter une dernière fois des talents de la blonde, avant de se séparer d'elle ?

Le cartouche lumineux au-dessus de la porte de la cabine était vert et il pénétra dans la minuscule pièce. Sans hésiter, il choisit de glisser dans le monnayeur un billet de cinquante euros : comme c'était lui, ensuite, à la fin de la journée, qui récupérait la totalité de l'argent encaissé, il pouvait se permettre de faire le généreux…

*

* *

En voyant le sexe dur et tendu apparaître par le *glory hole* du bas, Sandra Muckiewicz retint de justesse un petit rire : un membre de cette taille et de cette épaisseur, noueux à ce point, elle ne connaissait qu'un seul mec pour en posséder un.

Bedros Ghedarian, son boss.

Cela lui arrivait de temps en temps, de venir profiter du talent de ses « employées ». Toujours en début de matinée, d'ailleurs : une façon, sans doute, de bien démarrer la journée. En s'imaginant naïvement qu'il restait incognito, alors que toutes les filles connaissaient sa verge « par cœur ».

Sandra ne s'en plaignait nullement d'ailleurs. D'abord, manipuler ce sexe-là plutôt qu'un autre, qu'est-ce que ça changeait ? Et puis, Ghedarian aurait très bien pu profiter de ce qu'il était le patron pour exiger des « prestations gratuites » de la part des filles. Or, il mettait un point d'honneur à glisser chaque fois son billet dans le monnayeur, ce qui fait que sa partenaire, à la fin de la journée, touchait son pourcentage aussi sur cette prestation-là. Sans doute le faisait-il moins par générosité que parce qu'il pensait préserver ainsi son anonymat.

Au fond, Bedros Ghedarian était un grand timide…

Après avoir soigneusement enduit ses mains de gel, Sandra saisit la verge formidable qui, à travers la cloison, emplissant la totalité du *glory hole*, pointait en direction de son visage son énorme tête rubiconde.

Après l'avoir caressée, manipulée durant une petite minute, elle la revêtit prestement du préservatif de rigueur. Puis, elle avança sa bouche et, lèvres écarquillées, avala lentement la moitié de cette virilité qui se croyait anonyme, centimètre par centimètre, tout en l'agaçant du bout de la langue.

Elle allait lui en donner pour son argent, au patron…

*

* *

– On s'y prend comment ? demanda Géraldine Hébert en terminant d'une lampée son reste de café.

– Je pense qu'il faut attaquer des deux côtés, si je puis dire, répondit Boris Corentin, après quelques secondes de réflexion : à la fois par la boutique

« officielle » et par les catacombes.

– Le problème est que, toi et moi, Grand chef, on est déjà venu au *Sex-à-Piles* « ès qualité » : ça risque de manquer un peu trop de discrétion…

– Vous, oui, mais moi pas ! fit alors remarquer Bertrand du Saguenay. Je pourrais peut-être me charger de l'attaque par la face nord…

Boris Corentin le regarda avec un petit sourire. Il commençait à faire preuve d'humour, le petit stagiaire…

– C'est une bonne idée, approuva-t-il. Géraldine et moi on va entrer par-derrière, et toi, tu va jouer les clients dans la boutique. En faisant bien gaffe que personne ne sorte. Enfin, quand je dis personne : parmi les figures qui nous intéressent…

– Par la toute-puissance du Verbe, j'avais bien compris ! se rebiffa du Saguenay.

– On y va tout de suite ? demanda alors Géraldine Hébert, qui se sentait des fourmis dans les jambes.

– Non, on attend encore un peu, répondit Boris Corentin. Si jamais Najat Oujdah ressortait d'ici un moment, cela nous permettrait de nous concentrer sur elle sans mettre le branle-bas dans la boutique. Car n'oublions pas que c'est elle, notre objectif principal. Pour le boxon clandestin découvert par notre jeune ami, il sera toujours temps de s'y intéresser plus tard : il ne va pas s'envoler.

– Et puis, ne put s'empêcher de taquiner Géraldine Hébert, ça lui laissera l'occasion d'y retourner pour parfaire et peaufiner son enquête, à Bertrand !

*

* *

Sandra Muckiewicz soutenait sans faiblir le regard de Bedros Ghedarian, debout devant elle.

Lorsqu'il avait fait irruption dans sa « pièce de travail », juste après s'être soulagé dans sa bouche, et qu'il avait fermé la porte à clé derrière lui, Sandra avait compris qu'il se passait quelque chose d'anormal – et de probablement désagréable.

Elle ne s'était pas trompée.

L'Arménien n'y était pas allé par quatre chemins, abattant toutes ses cartes d'un seul coup. Il avait carrément accusé Najat Oujdah d'avoir assassiné Constantin Franchet, avec sa complicité à elle, Sandra.

Bizarrement, face à cette accusation, la jeune femme n'avait nullement cherché à se disculper, bien au contraire.

– Najat n'y est pour rien ! C'est moi qui ai tout fait ! Moi toute seule ! Elle n'est au courant de rien…

Voilà le cri qui, à sa propre surprise, avait jailli de sa gorge, lorsque Ghedarian avait porté ses accusations.

Puis, se sentant devenir étrangement calme, elle avait ajouté, avec un sourire froid :

– Maintenant, nous voilà complices à vie, Monsieur Ghedarian... Car vous n'allez pas essayer de me faire croire que le cadavre de ce connard de Franchet est sorti d'ici tout seul, si ? et après avoir ramassé sa bite tranchée et nettoyé son propre sang encore !

Elle avait marqué une courte pause, son sourire s'était accentué, et elle avait laissé tomber :

– Alors ? Vous comptez faire quoi exactement, Monsieur Ghedarian, maintenant ?

Ils en étaient là, chacun observant l'autre afin de chercher la faille par laquelle il pourrait s'engouffrer.

Brusquement, Bedros Gheradian tourna le dos à Sandra et se dirigea vers la porte. Il ne savait pas encore trop bien ce qu'il allait faire. Mais, en attendant, il devait y réfléchir sereinement. Ce qui supposait de mettre l'autre fille, Najat, hors d'état de nuire, et de le faire tout de suite.

– Je reviens... grommela-t-il un peu absurdement, en quittant la pièce, dont il referma la porte à clé.

Pour gagner du temps, il décida de repasser par la porte débouchant sur les toilettes privées, au lieu de faire le tour par le couloir desservant son bureau. Bien lui en prit : Najat était là, toujours voilée de la tête aux pieds, occupée à nettoyer les deux lavabos métalliques.

– Toi, viens par ici, j'ai du travail pour toi en bas ! lui ordonna-t-il, avec un geste d'encouragement de la main droite. Tu finiras ici plus tard…

Najat le suivit sans discuter, ni même s'émouvoir : cela arrivait régulièrement qu'elle soit obligée de descendre en urgence au suçodrome afin d'y réparer les « dégâts collatéraux » laissés par tel ou tel client…

Elle ne fut dont pas surprise de voir Ghedarian traverser la petite salle d'attente et lui indiquer la « cabine clients » dont la porte était ouverte.

En revanche, Najat Oujdah commença à s'inquiéter lorsqu'elle entendit la porte se refermer dans son dos et la clé tourner deux fois dans la serrure.

Elle était enfermée !

– Eh ! ouvrez-moi ! cria-t-elle en se précipitant sur la poignée métallique.

À ce moment même, dans son dos, elle reconnut la voix douce de Sandra :

– Najat, mon amour, ne panique pas, je t'en prie ! tout va s'arranger… je t'ai mise hors de cause, tu n'as rien à craindre, ma chérie…

Najat se retourna et ne vit personne. Elle finit par comprendre que son amante se trouvait de l'autre côté de la cloison, et qu'elle s'adressait à elle en lui parlant à travers les *glory holes*. En se servant d'eux comme d'une sorte d'hygiaphone – si c'était bien le mot.

Et c'est seulement à cet instant qu'elle prit conscience que la voix de Sandra était devenue bizarre, tout d'un coup. Comme si son amie était en train de muter ; de devenir une autre personne – inconnue et vaguement effrayante…

*

* *

Bedros Ghedarian laissa retomber le couvercle sur la grande poubelle, frappée aux armes de la Ville de Paris, avec un rictus de satisfaction.

C'était déjà une bonne chose de faite.

Il venait de jeter la cassette où l'on voyait Najat se faufiler à l'intérieur du suçodrome le soir du meurtre de Franchet. Et, surtout, où on le voyait, lui, s'y glisser également. Cela faisait toujours une trace en moins.

Des traces de ce qu'il avait fait, il n'en restait donc plus que deux. Mais, ces deux-là, elles étaient beaucoup plus délicates à faire disparaître qu'une simple cassette vidéo.

C'est à cela qu'il songeait en retournant s'enfermer dans son bureau, Bedros Ghedarian.

Qu'est-ce qu'il devait faire, avec ces deux filles ? Ses « complices », comme l'avait si justement fait remarquer Sandra. Une chose était certaine : il ne pouvait pas se permettre de traîner ce boulet, cette menace perpétuelle jusqu'à la fin de ses jours. Il ne s'en sentait ni la patience ni la force.

Il fallait donc s'en débarrasser. Oui… Facile à dire… Mais à faire ? L'Arménien se rendait bien compte qu'il ne pourrait pas se débarrasser des deux filles aussi facilement qu'il l'avait fait pour Constantin Franchet.

Parce que, dans le cas de Najat et de Sandra, il serait très facile aux flics de remonter jusqu'à lui. Et de lui faire toutes les emmerdes de la terre…

Machinalement, Bedros Ghedarian ouvrit le tiroir supérieur droit de son bureau et ses doigts s'enroulèrent autour de la fine cordelette tressée qui s'y trouvait.

Tuer les deux filles ne lui posait aucun problème, ni de conscience ni « logistique » : lorsque son intérêt, et plus encore sa survie même se trouvaient en jeu, il se sentait capable de tout – y compris de les étrangler l'une après l'autre.

Seulement, après, il allait falloir se débarrasser des corps, et de façon à ce que personne, jamais, ne puisse les retrouver. Ou, en tout cas, les identifier. Et, ça, c'était plus dur.

Pas question de les abandonner dans un quelconque terrain vague après les avoir transportées dans le coffre de sa voiture, ni même de…

Les pensées de Bedros Ghedarian se bloquèrent brusquement. À cause du mot « voiture » qui avait traversé son esprit. Un vague sourire arrondit encore sa face lunaire.

Il la tenait, sa solution ! Elle s'appelait Levon Hovhanian. Son vieil ami Levon, qui travaillait dans une des gigantesques casses automobiles de la banlieue sud. Une fois déjà, pour une petite affaire d'arnaque à l'assurance, Levon avait gentiment compressé la voiture que Ghedarian avait officiellement déclarée volée. Il n'y avait aucune raison pour qu'il refuse de lui rendre demain le même service.

Il suffirait de ne rien lui dire des deux filles mortes se trouvant dans le coffre, voilà tout.

Bedros Ghedarian, sa cordelette enroulée autour de son poignet gauche, dans sa poche de pantalon, se leva de son fauteuil et se dirigea vers la porte de son bureau et le couloir conduisant au suçodrome.

Maintenant que sa décision était prise, il était inutile d'en retarder l'exécution.

*

* *

– Bon, on y va ! décida soudain Boris Corentin. Puisque personne ne se décide à sortir de ce truc, on va aller cueillir notre Najat au nid !

Une fois sur le trottoir du boulevard, il se tourna

vers Bertrand du Saguenay :

– Donc, c'est bien compris ? Ton rôle consiste juste à jouer les clients éventuels.

– Les mateurs, si tu préfères… glissa malicieusement Géraldine Hébert.

– Tu t'assures simplement que Najat Oujdah ou Sandra Muckiewicz ne nous filent pas entre les doigts, reprit Boris, ignorant l'interruption de son « Petit bonhomme ». Si l'une d'entre elles fait mine de se casser, tu la laisses sortir sans histoire, tu la bloques sur le trottoir et tu nous appelles aussitôt. On est bien d'accord ?

Le jeune homme se contenta d'acquiescer en silence, tout en vérifiant que son portable n'était pas sur messagerie.

– Dans ce cas, allons-y ! décida Boris Corentin, en s'éloignant avec Géraldine Hébert, vers la petite rue adjacente par laquelle on accédait au suçodrome.

Dès qu'ils eurent tourné le coin, Bertrand du Saguenay traversa le boulevard et, résolument, s'engouffra à l'intérieur du *Sex-à-Piles*. En s'efforçant de prendre l'air faussement dégagé du « mateur ». De toute façon, le jeune homme au teint basané qui se trouvait derrière le comptoir ne lui accorda pas la moindre attention lorsqu'il entra.

Le *sex shop* était désert, ce que Bertrand du Saguenay trouva de bon augure. Un rapide coup d'œil circulaire lui permit de constater également que la fille voilée ne se trouvait pas dans la salle principale. Il résolut de ne pas trop s'éloigner de la porte. Pour cela, il se planta à environ un mètre du comptoir et feignit de s'absorber dans la contemplation des DVD et cassettes vidéo « Spécial gros seins ».

Il n'était pas là depuis deux minutes lorsqu'un bruit mit ses sens brusquement en alerte.

Plutôt qu'un bruit, c'était d'une sonnerie sourde et discrète qu'il s'agissait, semblant provenir de la face interne du petit comptoir d'accueil.

Mais c'est cette sonnerie même, ou plutôt sa composition, qui l'avait alertée. Car elle se composait de trois coups brefs suivis de deux plus prolongés.

Le code d'accès au suçodrome !

Sans tourner la tête, du Saguenay, épia les réactions du jeune homme derrière le comptoir. Il le vit avancer machinalement la main vers quelque chose que lui-même ne voyait pas, puis la ramener brusquement vers lui, comme s'il venait de se raviser.

Il se passa quelques secondes, et la sonnerie retentit de nouveau en sourdine, suivant le même code. Cette fois, le tenancier n'eut aucune réaction.

Bertrand du Saguenay sentit son cœur se mettre à battre plus vite. Il se passait quelque chose de pas normal ! Pourquoi le type n'actionnait-il pas la commande d'ouverture de la petite porte blindée, dans la rue derrière ? Et comment Géraldine et Boris allaient-ils faire pour entrer ?

Car c'était eux, Bertrand n'en doutait pas, qui venaient de sonner à deux reprises !

La sonnette retentit pour la troisième fois, sans provoquer davantage de réaction. Malgré les consignes strictes qu'il avait reçues de Boris Corentin, Bertrand du Saguenay décida qu'il fallait faire quelque chose pour débloquer la situation.

– Vous n'ouvrez pas ? demanda-t-il en se plantant juste devant le petit comptoir. Ça fait trois fois que ça sonne…

Avedis Bougourian leva la tête, les sourcils froncés, vers ce type qui se mêlait de ce qui ne le regardait pas.

– Ouvrir quoi ? fit-il, en prenant un air aussi innocent, aussi niais que possible.

– Vous le savez très bien ! dit alors du Saguenay d'une voix plus forte. Et nous le savons aussi ! Je vous ordonne d'actionner le système d'ouverture de la porte blindée !

Et, pour faire bonne mesure, il brandit sous le nez de Bougourian sa carte barrée de tricolore toute neuve.

*

* *

– On dirait qu'il y a un os dans le potage… constata Géraldine Hébert, après que Boris Corentin eut sonné pour la troisième fois, sans le moindre succès. Qu'est-ce qu'on fait, Grand chef ?

Boris Corentin haussa les épaules avec un certain fatalisme, avant de répondre :

– On s'adapte aux circonstances, comme d'habitude ! Tu vas rester là pour surveiller cette porte, et moi je vais rejoindre notre ami Bertrand en passant par le boulevard. On finira bien par y arriver ! De toute façon, il ne…

À ce moment précis, avec un claquement métallique sec, la porte s'ouvrit.

– Sésame a fini par se réveiller ! souffla Géraldine Hébert en s'engouffrant dans le couloir. Espérons que ça fonctionnera aussi pour la deuxième porte que Bertrand nous a signalée, au fond de la cour…

*

* *

– Mon amour, n'aie pas peur ! supplia Sandra Muckiewicz pour la troisième fois, la bouche à quelques centimètres du *glory hole* supérieur. Je vais te sortir de là, je te le jure ! Et il ne t'arrivera rien, je dirai que tout est de ma faute ! Laisse-moi faire, mon aimée, n'aie pas peur…

– Je n'ai pas peur, répondit d'une voix morne

Najat, de l'autre côté de la cloison. Mais il n'est pas question que tu t'accuses à ma place. De toute façon, plus rien n'a d'importance, désormais. J'ai fait ce que j'avais à faire, mais finalement j'ai perdu.

Elle eut un petit rire sec, qui glaça les sangs de Sandra :

– Au fond, je suis devenu ce que mon frère voulait que je sois : une morte ! Après avoir vécu pendant trois ans comme un fantôme, je suis devenue un cadavre ! Et, en tant que cadavre, je sais bien ce qui me reste à faire…

Sandra perçut un froissement d'étoffe de l'autre côté de la mince cloison qui les séparait.

– Najat ! Najat ! cria-t-elle d'une voix débordant d'angoisse. Mon amour, qu'est-ce que tu fais ? Où es-tu ? Reviens ici, je t'en prie ! je ne te vois plus…

Sandra avait plaqué son œil droit au trou circulaire du milieu, mais, en effet, sa compagne était brusquement sortie de son champ visuel très restreint.

Lorsqu'elle y réapparut, Sandra eut l'impression que tout son sang se retirait de son corps. De l'autre côté de la cloison, Najat avait retroussé très haut les plis de son *niqab*. Et, à présent, elle était occupée à ôter la ceinture du jean qu'elle portait habituellement en dessous.

Sandra était tétanisée d'horreur, ivre d'impuissance. Elle venait de comprendre brutalement ce que son amante avait l'intention de faire. Elle était si horrifiée qu'elle ne prit pas garde au bruit de la porte, dans son dos.

Lorsqu'elle comprit enfin ce qui se passait dans son dos, elle voulut pousser un hurlement, mais c'est un misérable gargouillis à peine audible qui franchit seul le seuil de ses lèvres écarquillées.

À cause de la cordelette tressée que Bedros Ghedarian venait de passer autour de son cou, avant de la serrer de toute la force de ses deux bras ; tandis que, du genou, il maintenait sa victime plaquée contre la cloison.

Sandra commença à se débattre, essayant d'agripper son agresseur, dans son dos. Mais elle ne pouvait déjà plus respirer, un voile rouge venait de tomber devant ses yeux exorbités, ses forces décroissaient vertigineusement.

Elle comprit qu'elle était en train de mourir.

*

* *

Boris Corentin était encore à mi-chemin du petit escalier descendant en tournant vers le sous-sol, lorsqu'il perçut une amorce de cri, aussitôt remplacé par un gargouillis d'arrière-gorge très caractéristique.

Celui de quelqu'un qu'on était en train d'étrangler.

Il sauta d'un coup les quatre dernières marches et se rua dans le petit couloir de droite, d'où lui parvenait, de manière indirecte, une lumière jaune.

Sans prendre la peine de dégainer son arme de service, il tourna le coin à angle droit du couloir et se retrouva à moins d'un mètre d'une porte ouverte. Laquelle donnait dans une petite pièce sans fenêtre.

Il photographia la scène qui se déroulait à un peu plus de deux mètres en une fraction de seconde.

Le visage violâtre de la fille agenouillée par terre, ses yeux révulsés, sa bouche ouverte sur un cri muet.

Et, dans son dos, les traits crispés par l'effort, les muscles des bras gonflés, le patron du *Sex-à-Piles*, Bedros Ghedarian, en train de l'étrangler.

D'une seule détente de fauve, Boris Corentin fut sur son dos. Ghedarian poussa un petit cri de surprise, lâcha la cordelette et roula au sol avec Corentin, dans un furieux corps-à-corps.

Géraldine Hébert arriva à ce moment. Jugeant que Boris était de taille à se défendre tout seul, elle se précipita vers Sandra afin de desserrer la corde qui continuait de l'étouffer.

Dès que Sandra put de nouveau respirer librement, elle agrippa le bras de Géraldine :

– Najat ! à côté ! haleta-t-elle d'une voix sourde et

précipitée. Faites le tour par le couloir ! Vite ! Je vous en supplie !

Sans bien comprendre ce qui se passait, Géraldine se redressa et, sortant son arme de son étui, se précipita dans la direction que venait de lui indiquer Sandra.

Pendant ce temps, Boris Corentin, d'un uppercut au menton suivit d'un coup de genou dans l'estomac, venait de mettre KO son adversaire, lequel ne bougeait plus.

Il vint vers Sandra qui, péniblement, achevait de se relever. Elle s'accrocha à lui comme un noyé à sa bouée et, avec toute la force qui lui restait, l'entraîna vers la porte.

– Vite ! répéta-t-elle. Venez !

Boris Corentin soutenant Sandra Muckiewicz, ils reprirent le petit couloir, obliquèrent à droite, et débouchèrent dans la petite salle d'attente. Juste au moment où Géraldine Hébert ressortait de l'une des deux cabines réservées aux clients, son arme toujours au bout de son bras ballant.

À son visage cireux, son regard éteint, et au tremblement à peine perceptible de sa lèvre inférieure, Corentin comprit qu'il se passait quelque chose de grave.

Sandra Muckiewicz courut vers la cabine, s'y engouffra. Son hurlement vrilla les oreilles des deux autres.

À son tour, Boris Corentin franchit le seuil de la minuscule pièce. Il ne fut pas trop surpris de découvrir le corps de Najat Oujdah contre la cloison aux *glory holes*, les pieds à environ deux centimètres du sol.

Pendue au moyen de sa propre ceinture à l'une des deux poignées de plastique.

Disparaissant des pieds à la tête sous les plis volumineux et noirs de son *niqab*, la malheureuse lui fit penser, durant une fraction de seconde, à un gigantesque corbeau cloué à la porte d'une grange…

CHAPITRE XII

La porte des Affaires recommandées s'ouvrit. Boris Corentin et Géraldine Hébert regardèrent avec stupeur et incrédulité la « chose » qui venait d'apparaître sur le seuil. Puis, ils éclatèrent de rire en même temps.

– Eh bien, Mémé, qu'est-ce qui vous est arrivé ? claironna Géraldine, en se précipitant vers le nouvel arrivant.

– À votre avis ? grommela le capitaine Aimé Brichot, rentré de vacances la veille au soir et qui reprenait le collier ce matin même. Je me suis endormi au soleil, ça peut arriver à tout le monde, non ?

Il était d'un écarlate à rendre jaloux une langouste bien cuite, et la peau de son front et de son cou commençait à s'en aller par grands lambeaux.

– On ne t'a jamais parlé d'écran total ? s'enquit aimablement Boris Corentin. Je m'étonne que Jeannette ne t'ait pas forcé à t'enduire de crème…

– J'ai *horreur* de vos crèmes ! grogna Brichot en se défaisant avec mille précautions et grimaces de douleur de sa veste à grands carreaux. C'est gras, ça colle…

– Mais ça empêche les coups de soleil qui font souffrir le martyre ! conclut Géraldine en riant.

Aimé Brichot prit place dans son fauteuil, avec des précautions de centenaire.

– Bon, à part ça ? fit-il en mettant son ordinateur sous tension. Vous vous l'êtes coulée douce, pendant mon absence ?

– Je ne dirais pas ça… répondit Boris Corentin, avec un demi-sourire en coin.

– Ah ? Ben… racontez, quoi !

En prenant la parole tour à tour, Boris Corentin et Géraldine Hébert déroulèrent les grandes lignes de l'affaire qui avait trouvé sa conclusion dramatique et meurtrière quatre jours plus tôt, dans les sous-sols « interdits » du *Sex-à-Piles*. Non sans lui apprendre le rôle capital joué par leur jeune stagiaire estival, Bertrand du Saguenay.

– En effet, c'est pas banal, comme truc, ce « suçodrome » ! reconnut Aimé Brichot, en tortillant machinalement la pointe de sa moustache. Mais il serait pas un peu con, votre Bedros Ghedarian, là ? Il devait bien se douter que ça finirait par nous arriver aux oreilles, son petit commerce, non ? Et que le prix qu'il aurait alors à payer serait bien supérieur à ce que ses cabines pouvaient lui rapporter…

Boris Corentin haussa les épaules :

– Nos « chers collègues » des stups ont reconnu qu'il leur filait des tuyaux sur les trafics du quartier. Il a dû d'abord se croire protégé puis, de là, invincible…

– En tout cas, stups ou pas stups, il devra en plus répondre d'une tentative d'assassinat sur la personne de Sandra Muckiewicz et s'expliquer sur la manière dont il s'est débarrassé du corps de Constantin Franchet sans juger bon de nous appeler ! ajouta Géraldine. Et, là, je doute qu'il lui suffise de livrer deux ou trois petits dealers pour s'en sortir !

– Et cette Sandra, justement ? demanda Aimé Brichot.

– À l'ombre aussi, tu t'en doutes, répondit Corentin. Elle a contribué aux meurtres de Constantin Franchet et de Farid Oujdah, même si elle n'en a tué elle-même aucun des deux. Elle n'a d'ailleurs fait aucune difficulté pour tout avouer. Apparemment, le suicide de Najat Oujdah l'a vraiment démolie…

– Je crois qu'elle était vraiment amoureuse d'elle… murmura Géraldine, que l'histoire des deux filles avait plus émue qu'elle n'avait bien voulu l'avouer à Boris Corentin.

– Au fond, résuma Aimé Brichot, la plus coupable en apparence, c'est cette Najat Oujdah, qui a tout de même tué deux personnes dont son propre frère. Mais, en même temps, c'est elle la vraie victime…

– Victime de la connerie des mâles et de l'obscurantisme religieux ! s'écria Géraldine avec un emportement soudain. Notre Sainte Mère la Connerie !

Boris Corentin allait dire quelque chose lorsque, de nouveau, la porte du bureau s'ouvrit. Pour, cette fois, laisser entrer Bertrand du Saguenay.

– Ah ! voilà notre stagiaire méritant ! s'exclama Géraldine, tout sourire dehors. Bertrand, permets-moi de te présenter le capitaine Aimé Brichot, dit Mémé !

Elle ajouta, sur le ton de la fausse confidence :

– Fais comme si tu ne remarquais rien : d'habitude, il est d'une couleur normale…

– Par le sang des apôtres et des saints martyrs, je suis bien aise de vous connaître, capitaine ! s'exclama du Saguenay en lui tendant la main par-dessus le bureau.

– C'est curieux au début mais on s'y fait très vite… glissa Géraldine, en voyant l'air ahuri de Brichot.

– Notre jeune ami, par son initiative de faire ouvrir la petite porte blindée, a très probablement sauvé la vie de Sandra Muckiewicz, précisa Boris Corentin, faisant rougir le stagiaire jusqu'aux oreilles, avant d'ajouter : même si, ce faisant, il a désobéi à mes ordres formels !

– Comme si c'est le genre de truc qui t'avait jamais dérangé ! répliqua aussitôt Aimé Brichot avec un sourire. En tout cas, jeune homme, toutes mes félicitations : pour une première enquête, vous avez été gâté !

– Est-ce que vous vous rendez compte, les garçons, fit soudain Géraldine Hébert, que si ça se trouve, d'ici trois ou quatre ans, on va voir notre Bertrand redébarquer ici... et qu'il sera notre patron ?

Les deux hommes semblèrent frappés par cette idée, et trois paires d'yeux interrogateurs convergèrent vers le malheureux Bertrand, qui rougit de plus belle.

– Par la sagesse du roi Salomon ! s'exclama-t-il dans un souffle. C'est impossible : je n'oserai jamais !

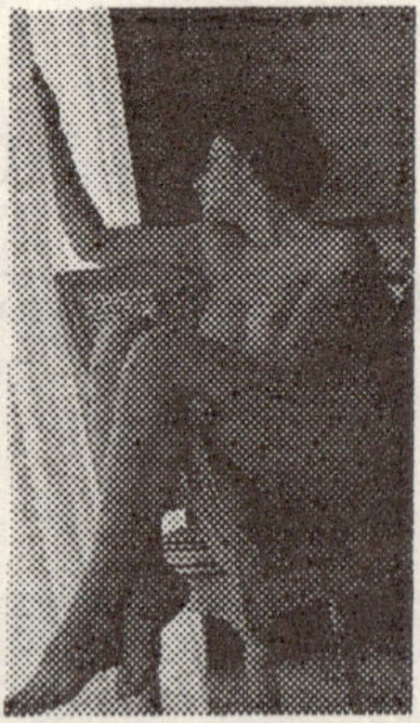

Les Sanguinaires

Les Sanguinaires
le souffle
de la bête

Cet ouvrage a été imprimé en France par

CPI
Bussière

à Saint-Amand-Montrond (Cher)
en août 2009

VAUVENARGUES. - 14, rue Léonce Reynaud - 75116 Paris
Tél. : 01-40-70-95-57

— N° d'imp. : 91356. —
Dépôt légal : septembre 2009.